TE
ENCIA
STORIA
OGRAFIA
SCUBRIMIENTOS
YENDAS
AJES
VENTOS
CUMENTOS
STRUCTIVOS

ENCICLOPEDIA
EN COLORES

Lo sé todo

HISTÓRIA DO PRANTO

Alan Pauls

Tradução JOSELY VIANNA BAPTISTA

Para Rusy,
em Porto Alegre
Alan
11.11.11

HISTÓRIA DO PRANTO

COSACNAIFY

HISTÓRIA DO PRANTO UM TESTEMUNHO

Numa idade em que as crianças ficam desesperadas para falar, ele pode passar horas só ouvindo. Tem quatro anos, ou foi o que lhe disseram. Em face do espanto de seus avós e de sua mãe, reunidos na sala de estar da rua Ortega y Gasset, o apartamento de três cômodos do qual seu pai, que ele se lembre, sem nenhuma explicação, desaparece uns oito meses antes levando consigo seu cheiro de tabaco, seu relógio de bolso e sua coleção de camisas com o monograma da camisaria Castrillón, e ao qual agora volta quase todos os sábados de manhã, sem dúvida não com a pontualidade que sua mãe desejaria, para apertar o botão do interfone e pedir, não importa quem o atenda, com aquele tom crispado que mais tarde aprende a reconhecer como o emblema do estado em que fica sua relação com as mulheres depois de ter filhos com elas, que desça de uma vez!, ele cruza a sala com toda pressa, vestido com a patética roupa de Super-Homem que acaba de ganhar de presente, e com os braços estendidos para frente, numa tosca simulação de vôo, pato com talas nas asas, múmia ou sonâmbulo, atravessa e estilhaça o vidro da janela francesa que dá para a sacada. Um segundo depois volta a si, como se acordasse de um desmaio. Descobre-se de pé entre floreiras, apenas um pouco acalorado e trêmulo. Olha suas mãos e vê, como que desenhados, dois ou três filetes de sangue escorrendo-lhe pelas palmas.

O que o salvou não foi a compleição de aço do super-herói que ele evoca, como poderia parecer à primeira vista e como logo irão cuidar de repetir os relatos destinados a manter viva essa façanha, a mais chamativa, senão a única, de uma infância que, aliás, destinada desde o início em não chamar a atenção, prefere ir levando em atividades solitárias, leitura, desenho, a juveníssima televisão da época, indícios de que isso que em geral chamamos de mundo interior e que define, ao que parece, crianças um tanto esquisitas, nele é consideravelmente mais desenvolvido do que na maioria dos meninos de sua idade. O que o salvou foi sua própria sensibilidade, pensa, embora guarde segredo da explicação, como se temesse que, ao revelá-la, além de contrariar a versão oficial, o que lhe é perfeitamente indiferente, pudesse neutralizar o efeito mágico que pretende explicar. Ainda não consegue entender essa sensibilidade como um privilégio, que é como a consideram seus familiares, principalmente seu pai, de longe o que mais tira proveito dela, mas apenas como um atributo congênito, tão anômalo e a seus olhos tão natural, em todo caso, quanto sua capacidade de desenhar com as duas mãos, que, festejada amiúde pela família e pelos mais chegados, não tem nenhum antecedente e não demora a perder. Porque do Super-Homem, herói absoluto, monumento, sempre, cujas aventuras o absorvem de tal modo que, como os míopes, praticamente gruda as páginas das revistas nos olhos, menos para ler, porque ainda não lê, do que para deixar-se obnubilar por cores e formas, não são as proezas que o deslumbram, mas os momentos de deserção, muito raros, é verdade, e talvez por isso tanto mais intensos do que aqueles em que o super-herói, no perfeito domínio de seus superpoderes, detém no ar o pedaço de montanha que alguém deixa cair sobre uma fila de montanhistas nos Andes, por exemplo, ou constrói em segundos um dique para frear uma torrente devastadora, ou resgata num vôo rasante o berço com o bebê que um caminhão de mudanças descontrolado ameaça esmagar.

Distingue duas espécies de fragilidade. Uma delas, que valoriza até certo ponto, deriva de um dilema moral. Super-Homem deve optar entre dois males: deter o tornado que ameaça centrifugar uma cidade inteira ou impedir que um cego mendicante tropece e caia na sarjeta. A desproporção entre os perigos, evidente para qualquer um, para Super-Homem é irrelevante, e até mesmo, do ponto de vista moral, condenável, e é justamente por isso, pela intransigência que o leva a conferir-lhes o mesmo valor, que ele fica numa posição de fragilidade e se torna mais vulnerável do que nunca a qualquer ataque inimigo. A outra, entretanto, é uma fragilidade orgânica, original, a única, aliás, que o obriga, aos quatro anos, a pensar no impensável por excelência, na possibilidade de que o homem de aço morra. Para que isso aconteça é absolutamente imprescindível a intervenção de uma das duas chamadas pedras do mal, a kriptonita verde, que o baqueia mas não o mata, e a vermelha, a única capaz de aniquilá-lo, ambas vindas de seu planeta natal como lembretes da vulnerabilidade que o mundo humano, talvez menos exigente, empenha-se em fazê-lo esquecer. Se algo o arrebata é esse homem de aço que, tão logo é exposto à radiação dos minerais maléficos, sente-se desfalecer, entrecerra as pálpebras e, obrigado a suspender no ato o que está fazendo, pousa um joelho na terra, depois o outro, os ombros vencidos por um peso insuportável, terminando por arrastar seu corpo azul e vermelho como um moribundo. É esse que, como se exportasse para o além da página o efeito letal da pedra, fere-o também no plexo, nunca tão bem nomeado solar, no coração de seu coração, com uma força e uma profundidade das quais nenhuma façanha, por mais extraordinária que seja, poderá jamais se vangloriar.

Se existe algo realmente excepcional, isso é a dor. Só uma coisa no mundo pode causá-la, e essa coisa, muito mais do que todas as ações providenciais pelas quais o Super-Homem é reverenciado, é o que ele logo passa a temer, a esperar, a prever com o coração na mão cada vez que volta da banca de jornal, e enquanto caminha sem parar, correndo o risco, como já aconteceu mais de uma vez, de esbarrar no que vem pela frente, abre a revista recém-comprada e mergulha na leitura. [...] A dor é o excepcional e, por isso, o que não se pode suportar. Divide os episódios em duas categorias incomparáveis, aqueles em que intervêm e aqueles em que não intervêm as pedras fatais. Despreza os segundos, confinando-os à última gaveta de seu armário, a mesma na qual vão juntando pó as revistas, os brinquedos e os livros que sua maturidade vai deixando para trás, que agora detesta e que mais tarde, ao sentir-se fora de sua órbita de influência, exuma com fervor e adora, testemunhos do idiota inocente que ele já não é, mas com o qual agora não pode senão se enternecer. Se lhe perguntassem o que tanto o impressiona, o que sente exatamente quando vê o halo luminoso das pedras se aproximando do corpo do homem de aço e tingindo-o por um segundo de vermelho ou de verde, e por que estremece desse jeito quando, já sem forças, exangue, Super-Homem permanece deitado no chão, com aspecto idêntico ao de antes, quando vencia a gravidade e superava a velocidade da luz e nada no mundo podia prejudicá-lo, mas, no entanto, fraco, completamente à mercê de seus inimigos, ele não saberia o que dizer. Não tem palavras. Não é de falar muito.

O que sabe é que o fenômeno é muito semelhante ao ardor que sente crescer do lado interno das pontas de seus dedos aos domingos, à noitinha, quando o pai se despede dele na porta do edifício da Ortega y Gasset depois de terem passado o dia juntos em Embrujo, Sunset, New Olivos ou em qualquer uma dessas piscinas públicas que, com os primeiros sopros quentes do ano, meados de outubro, o mais tardar começo de novembro, ocupam suas saídas de fim de semana. Chegam por volta das onze, onze e meia da manhã, quando as poucas pessoas presentes – em geral mulheres sozinhas da mesma idade que seu pai, tão bronzeadas que poderia apostar que vivem num verão eterno, numa espécie de estado tropical paralelo do qual provavelmente a piscina é a capital, e alguns poucos homens também sozinhos, também em trajes de banho, o rosto blindado por óculos de sol que só são tirados para exibir fugazmente as auréolas violáceas que a noite de sábado fez crescer ao redor de seus olhos, e depois, para besuntar as pálpebras com cremes, loções, óleos que ele, até o dia de hoje, nunca soube ao certo se protegem das queimaduras ou se, antes, provocam-nas – ainda não ocuparam os melhores lugares do solário, do gramado, do bar, das espreguiçadeiras dobráveis.

Ao chegar, o mesmo orgulho de sempre: percebe que não há em toda a piscina ninguém mais jovem que seu pai. Isso nem tanto por questões de idade, nas quais, considerando-se a sua, seria o primeiro a declarar-se incompetente, e mais pela máscara de sordidez que a falta de sono, os estragos do álcool e do fumo e a dissipação sexual estamparam em todos os demais, dando-lhes aquele dissimulado ar de família, que só compartilham os membros de uma mesma raça viciosa. Mal chegam, seu pai lhe garante um lugar na grama, estendendo a toalha feito uma baliza, sempre seguindo a direção do vento, para que não a desfigurem dobras indesejadas, e desaparece no vestiário para se trocar. Já ele, que sempre veste o calção debaixo da calça, segundo um hábito adquirido por conta própria, muito rapidamente, e que mantém a qualquer custo, mesmo com o desconforto que faz da viagem de táxi do edifício da Ortega y Gasset até a piscina um verdadeiro calvário, tira a roupa cravando os calcanhares desafiantes na toalha, ato com o qual reafirma a posse do território, ao redor de onde orbitará durante todo o resto do dia, e, como se tivesse de fazer alguma coisa para evitar ser sufocado pelo orgulho que a juventude de seu pai lhe dá, corre e se atira de cabeça na água. Nunca sabe se a água está fria ou se, como ele, como o próprio dia, e mesmo como o verão, que na verdade só fez se anunciar, é jovem demais, apenas, mas se atira em busca do fundo a toda a velocidade, agitando os braços e as pernas para que não congelem, toca a boca aberta do polvo pintado nos azulejos do piso e dá impulso para o outro extremo da piscina, onde emerge segundos depois, com os cabelos completamente lambidos, as pálpebras cerradas, os pulmões prestes a estourar.

Pode ser que na hora não perceba nada, mas se ao chegar à borda da piscina ele observasse a ponta dos dedos com que tocou a boca do polvo, iria reconhecer as pequenas riscas verticais que mais tarde, com os toques repetidos a que uma rotina de atividades sempre idêntica o expõe – trampolim rugoso, mergulho, expedição à goela do polvo, descanso junto à borda áspera da piscina, busca de moedas, de chaveiros e até de relógios de pulso *water proof* que seu pai joga sucessivamente na piscina para treiná-lo na arte do mergulho etc. –, agravadas pela ação prolongada da água, transformam-se em suaves manchas avermelhadas que ele chama de raspões e mais tarde naquela vermelhidão generalizada, sem contornos definidos, que o faz acreditar pela enésima vez que está com os dedos em chamas, que em vez de dedos tem fósforos de carne. Em seis ou sete horas de piscina, sua pele ficou tão fina que está quase transparente, a ponto de ter dificuldade de decidir, quando olha os dedos à luz da tarde que cai, se o vermelho intenso que vê é a cor do sangue que ferve dentro da ponta ou o mero efeito dos raios do sol que o fazem recrudescer, atravessando sem resistência a membrana debilitada. Esse mesmo ardor, esse mesmo afinamento da membrana que deveria separar o interior do exterior, é o que sente quando Super-Homem, nas páginas da revista recém-comprada, vai sucumbindo ao resplendor criminoso das pedras malignas. [...] O estrago não é instantâneo. Tem sua lentidão. O que ele reconhece como ardor na série da pele e da piscina não passa do modo como nele ressoa a agonia do homem de aço ao longo dos quadrinhos que a desdobram. É tal a proximidade com o super-herói, tão brutal o desvanecimento do limite que deveria separá-los, que ele poderia jurar que a mescla de ardor, vulnerabilidade e angústia que sente alojar-se no centro de seu plexo vem diretamente do brilho da kriptonita desenhada na revista. De fato, certa vez ele chega a apagar a luz do abajur de seu quarto para ver se as pedras malignas continuam brilhando na escuridão.

A dor é sua educação e sua fé. A dor o torna crente. Acredita apenas, ou sobretudo, naquilo que sofre. Acredita em Super-Homem, em quem, por outro lado, é evidente que não acredita, não importa a prova contrária que apresente seu pobre corpo de quatro anos enfronhado numa roupa de super-herói atravessando o vidro da janela francesa da sala da Ortega y Gasset. Acredita quando o vê se encolher pela ação das pedras e estertorar, joelho na terra, fora de combate, minguado, ele, sempre tão gigantesco, à mercê de seus arquiinimigos. Já na felicidade, bem como em qualquer um de seus satélites, não encontra nada além de artifício; não exatamente engano ou simulação, mas o fruto de um artesanato, a obra mais ou menos laboriosa de uma vontade, que pode entender e apreciar e que às vezes até compartilha, mas que por alguma razão, viciada que está por sua origem, sempre parece interpor entre ele e ela uma distância, a mesma, provavelmente, que o separa de qualquer livro, filme ou canção que representem ou girem em torno da felicidade. [...] A felicidade é o inverossímil por excelência. Não que não possa fazer nada com ela. Em certo sentido, o que ocorre é o contrário, como afinal de contas o provam ele mesmo, o ofício ao qual se dedica, sua vida inteira. Mas tudo o que venha a fazer com O Feliz, e depois, também, com O Bom em geral, traz a sombra da desconfiança – e por Bom ele entende, grosso modo, o rol de sentimentos positivos que alguns costumam chamar de bondade humana, sendo o mais famoso, que ele saiba, o cineasta japonês Akira Kurosawa, de quem vê e admira toda a obra, com uma única exceção, o filme chamado justamente *Bondade humana*.* Esse simples título, e pouco importa que ele saiba muito bem que não nasceu da cabeça de Kurosawa, mas do distribuidor local, é suficiente para o manter longe dos cinemas em que o exibem, e isso não só para ir contra a opinião geral, sempre sensível à aliança extorsiva entre bondade e humanidade, ou contra os elogios descarados com que a crítica festeja sua estréia, mas sim contra o arrebatamento de seu pai, que, num primeiro momento, citando sem saber as palavras dos mesmos críticos que de uma sexta-feira a outra condena a arder no inferno por sua inépcia, não hesita em considerá-lo "a obra-prima" de Kurosawa e contrapõe-se escandalosamente à reticência de seu filho para alguns anos depois, quando a substância do conflito, porém não sua forma, já virou história, reciclar sua velha indignação numa grande cena de humor repetitivo, aliás, seu gênero preferido de humor. A *gag*, que não tarda a tornar-se clássica, consiste basicamente em ligar para ele toda quinta-feira, dia de estréias nos cinemas de Buenos Aires, e antes de dizer qualquer coisa, antes mesmo de cumprimentá-lo, perguntar-lhe à queima-roupa: "E aí? Você finalmente foi ver *Bondade humana*?", e assim a cada quinta-feira de cada semana, até que ele atinge a maiori-

* Título original: *Akahige* (1965); e, no Brasil, *Barba Ruiva*. [N. T.]

dade e na quinta-feira seguinte, depois de assessorar-se de um conhecido com alguma experiência em questões legais, atende o telefone e adivinha a voz de seu pai sem precisar ouvi-la, e antes que ele articule mais uma vez a pergunta de praxe, se finalmente ele foi ver etc., ameaça mandá-lo para a prisão por abuso psicológico reiterado. [...] Em tudo isso há sempre a vontade, quase a obsessão, que põe em prática com uma lucidez e um encarniçamento assustadores, de comprovar a suspeita de que toda felicidade se erige ao redor de um núcleo de dor intolerável, de uma chaga que a felicidade talvez esqueça, eclipse ou embeleze até torná-la irreconhecível, mas que jamais conseguirá apagar – pelo menos não aos olhos dos que, como ele, não se enganam, não se deixam enganar, e sabem muito bem de que subsolo sangrento procede essa beleza. E sua tarefa, a dele, que não se lembra de tê-la escolhido, mas que sem demora a adota como missão, é limpar as frondes que a ocultam, trazer o escuro ferimento à luz, impedir a todo custo que alguém, em algum lugar, caia na armadilha, para ele a pior que se possa imaginar, de acreditar que a felicidade é o que se opõe à dor, o que se dá ao luxo de ignorá-la, o que pode viver sem ela. De modo que seu pai, ao falar dele para um amigo, mencionando sua famosa sensibilidade e arregalando os olhos, num transe extático que quanto mais parece elevá-lo mais esmaga quem o causa, mais o afunda no abatimento, talvez fizesse melhor se dissesse tudo e falasse do que está realmente em jogo: uma sensibilidade que só tem olhos para a dor e é absoluta, irreparavelmente cega a tudo o que não seja dor.

Modestíssima que é, a superfície das pontas crestadas de seus dedos não demora a parecer-lhe tão cheia de segredos quanto o céu noturno para um astrônomo, mas o interesse e a concentração que demonstra ao interrogar esse diminuto mapa de pele se dissipam súbita, irreversivelmente, quando algo lhe chega do mundo com um sorriso nos lábios, quando o sinal de alguma forma de felicidade, não importa se tênue ou flagrante, parece apelar para sua cumplicidade ou pedir sua consideração. A única coisa que se lhe dá fazer nesses casos, e ele o faz sem pensar, mecanicamente, respondendo a algum tipo de programação secreta, é se comportar como um consumidor treinado, sempre alerta para detectar a astúcia com que pretendem enganá-lo: investir contra, rasgar o véu sorridente com que a felicidade se lhe apresenta, atravessá-lo e deparar com o obscuro coágulo de dor que oculta e do qual, segundo ele, e talvez essa seja uma das coisas que mais o sublevam, essa espécie de parasitismo jamais confessado não faz senão se alimentar. Isso quando lhe dá na veneta fazer alguma coisa. Porque na maioria das vezes nem chega a isso. É tal a inquietude, e tão esmagador o abatimento que o invade, que solta os braços, deixa-se cair, desvia o rosto e olha para outro lado.

[...] Também não acredita na felicidade, nem em qualquer emoção que faça com que aquele que a atravesse não precise de nada. Por algum motivo sente-se próximo da dor, ou desde muito cedo sentiu a relação profunda que existe entre a proximidade, qualquer que seja ela, e a dor: tudo o que há de álgido no fato de que entre duas coisas de repente a distância se encurte, desapareça o ar, eliminem-se os intervalos. Ali ele brilha, brilha como ninguém, ali ele encontra um lugar. Ao Feliz e ao Bom, ele, se pudesse, oporia isto: O Próximo. Antes mesmo de ter experimentado, aproximando dos olhos, quase até perder o foco, o papel das páginas das histórias em quadrinhos, antes de ver como a pele da ponta de seus dedos fica polida até quase desaparecer, O Próximo foi para ele uma imagem em primeiro plano, nunca saberá se de cinema ou de televisão, na qual uma boca sussurra, ou melhor, verte algo que ele não consegue escutar, que nem sequer poderia garantir que soa, na cavidade espiralada de um ouvido, um pouco como lê depois numa tragédia elisabetana em que se vertem, não no estômago nem no sangue, mas no ouvido, os venenos verdadeiramente letais.

É o que acontece, guardando-se as distâncias, com a charge de Norman Rockwell que em algum momento lhe cai nas mãos na casa de seus avós, sem dúvida o lugar menos natural para encontrá-la, embora também ali, guardados sob dupla chave no armário dos jogos de mesa, tropece com os dois maços de cartas de pôquer com fotos de mulheres nuas dos anos cinqüenta, primeira fonte de inspiração para seus desafogos lascivos. Na charge uma mulher conta uma fofoca no ouvido de uma amiga, a amiga o conta, por sua vez, a uma amiga, esta amiga a outra, e esta a outra, ainda, e assim sucessivamente – à razão de meia dúzia de amigas fofoqueiras por fileira e de meia dúzia de fileiras –, até que uma última amiga conta a fofoca a um homem, o primeiro e único de toda a página, que faz cara de espanto e num repente de fúria começa a ralhar com sua esposa, que não é outra senão a primeira mulher, a que acendeu o rastilho da série. Nessa *gag*, que não cessa de exercer sobre ele um magnetismo misterioso, encontra a encarnação visível, ainda que mitigada pela comicidade e pelo espírito caricaturais do desenho, da cena do envenenamento auricular.

Mas ele é o quê: a boca ou o ouvido? Os lábios que sussurram as palavras de morte ou a cavidade que as recebe? Já aos cinco, seis anos, ele é o confidente. Diferentemente dos músicos prodígio, que têm ouvido absoluto, ele é um ouvido absoluto. Está treinadíssimo. Vá entender como são as coisas, como se monta o circuito, se é ele que tem o talento necessário para detectar aquele que arde por confessar-se e lhe oferece, então, sua orelha, ou se são os outros, os desesperados, aqueles que se não falarem se queimam ou explodem, os que reconhecem nele o ouvido que lhes falta e se atiram sobre ele como náufragos. É evidente, em todo caso, que se há algo que seu pai admira nele e comenta com seus amigos, nessas rodas de pais que a geração do seu, pouco dada, por natureza, a intercalar numa agenda saturada de mulheres, ex-mulheres, dinheiro, esportes, política, entretenimento, o tema dos filhos – seqüelas vivas, por contrapartida, de uma concessão feita às mulheres da qual, depois, uma vida inteira não lhes basta para se arrependerem –, só se dá ao trabalho de mencioná-los quando apresentam alguma singularidade positiva que justifica isso, mas que comenta também com ele, num transe de intimidade e franqueza que beira a obscenidade – se há algo que o alegra é precisamente essa vocação de escutar, da qual seu pai, cada vez que a exalta, destaca sempre a mesma coisa, o dom da ubiqüidade, que parece deixá-la todo o tempo à disposição de todos, a paciência aparentemente ilimitada, a atenção, que não deixa escapar nenhum detalhe, e a capacidade de compreensão, que seu pai define como uma anomalia total, já insólita num menino de cinco ou seis anos, mas inconcebível em 95% das pessoas adultas que lhe coube conhecer.

Em sua presença, quase como resultado de um efeito químico, como a imagem que só se torna visível no papel ao ser exposta à ação do ácido indicado, os adultos se põem a falar. Não tem a impressão de fazer nada em particular: não que pergunte, ou interrogue com o olhar, ou se interesse, eventualmente alarmado com o gesto de desgosto, a expressão sombria ou o brotar das lágrimas com que o outro delata o calvário que está atravessando. Acontece assim. Está sentado no chão desenhando, brincando com suas coisas, um carro em miniatura, um desses *corgy toys* que adora e que, principalmente quando têm portas articuladas que ele pode abrir para substituir a rústica efígie do motorista por outra, não trocaria por nada nesse mundo, e de repente alguém se aproxima dele, um adulto, cuja sombra imensa vê, primeiro, pairar sobre a estrada serpeante que imaginou no tapete, e que termina anuviando o céu com uma promessa de tormenta. Há um prólogo incômodo, hesitante. O adulto sente necessidade de ficar na mesma altura que ele, ajoelha-se, acomoda-se a seu lado e até lhe rouba – com uma impertinência que sem dúvida se animaria a defender, atribuindo-a à impulsividade que estimula o desconsolo, mas que ele simplesmente não pode tolerar – um carrinho, em geral seu preferido, que, talvez para congraçar-se com ele, talvez para dar algum sentido a uma usurpação que não pode ser mais afrontosa, de repente faz derrapar com uma deplorável falta de convicção na zona do tapete mais próxima de suas pernas, onde é evidente para qualquer um, menos para um adulto, absorto que está em seu drama interior, que a estrada imaginária não passa nem jamais passará.

Assim, como se fizessem um revezamento para não sobrecarregá-lo, desfilaram sua mãe, sua avó, seu avô, até mesmo a empregada que trabalha como diarista na casa. Sua mãe confessou-lhe que aos 25 anos, condenada pelo canalha de seu pai, que tratou de se mudar, a viver entre as quatro paredes desse apartamento de classe média, outra vez à mercê de sua mãe e de seu pai, para quem a tristeza de ver sozinha e com uma criança nas costas sua única filha não é nada, absolutamente nada, comparada à euforia triunfal que lhes causam não só o fato de tê-la outra vez com eles, sob sua influência, mas principalmente a evidência de como tinham razão – toda a razão do mundo – quando, quatro anos antes, às vésperas de um casamento acertado às pressas, profetizaram que, por mais intenso que fosse, “o fogo não duraria”, e em dois ou três anos, no máximo quatro, ela voltaria para eles com uma mão na frente e outra atrás e sem direito a nada, sente-se velha, usada, vazia, numa palavra: morta, uma morta em vida, que é a expressão com que ele de fato a descreve para si mesmo alguns anos mais tarde, toda vez que passa diante de seu quarto no meio da manhã e a vê deitada entre travesseiros, de penhoar, completamente imóvel, com o rosto lambuzado de creme, os olhos cobertos por dois algodões úmidos e dois ou três frascos de comprimidos na mesa-de-cabeceira, entregue a toda espécie de tratamentos que lhe prodigaliza um pequeno exército de mulheres solícitas às quais ela denomina cosmetóloga, massagista, manicure, fisioterapeuta, acupunturista, pouco importa, mas que ele já sabe não passarem de reanimadoras profissionais, gente especializada, como os bombeiros ou os salva-vidas, em devolver a vida, aliás bastante precária, a pessoas que já estão com um pé na cova.

Sua avó, que em público, ou seja, basicamente na presença do marido, não abre a boca a não ser para dizer sim e está bem – e isso só quando seu marido lhe dirige a palavra –, para rir de uma ou outra piada picante dos programas cômicos que vê na televisão ou para engolir bocados de comida que antes corta no prato em pedaços cada vez mais pequeninos, confessa-lhe uma tarde que seu marido acaba de descobrir, dissimulado numa meia, um dinheiro que ela esteve economizando dia após dia durante quatro anos em quantidades ínfimas, desviando-as, de modo que ele não notasse, da modestíssima caixinha que ele se digna a lhe dar para os gastos cotidianos da casa, para comprar o aparelho depilador que acabaria com a penugem que a envergonha desde quando, trinta anos?, e que ele, naturalmente, não quer nem quis jamais que ela desterre de seu rosto, pois sabe que embora também não lhe agrade, que a envelhece prematuramente e a torne masculina, cumpre a função, de qualquer maneira vital, talvez a mais vital de todas: impedir que ela possa parecer desejável para qualquer outro que não ele, que por outro lado não a deseja há tempos, e que depois de descobrir isso e de obrigá-la a comparecer diante dele bem ali, como se diz, no local do crime, contou uma por uma as moedas e notas e depois de calcular a quantidade exata que, segundo ele, ela lhe roubou, depois de lhe arrancar, inclusive sob ameaça de violência física, o destino que pensava dar ao dinheiro, obrigou-a a jogar tudo, até o último centavo, nas goelas enegrecidas do incinerador.

Seu avô, que já naquela época, ele com quatro, cinco anos, costumava cumprimentá-lo à sua maneira imortal, agarrando-lhe uma grande mecha de cabelo do cocuruto e puxando-a com força enquanto lhe pergunta no ouvido: "Quando você vai cortar este cabelo de menininha, quer me dizer, seu mariquinhas?", surpreende-o certo dia desenhando suas precoces histórias em quadrinhos numas folhas de papel *canson* grandes como lençóis, e sentando-se diante dele, na borda da mesinha da sala, depois de entrelaçar os dedos das mãos, nos quais deixa cravado o olhar ao longo dos vinte minutos seguintes, conta-lhe à queima-roupa que se fosse por ele venderia tudo, a fábrica que ele levantou do zero, sozinho, a despeito da incredulidade e até do sarcasmo de seu próprio pai, imigrante ferroviário, e que agora, além de dar de comer a meia centena de empregados, permite-lhe gozar uma vida de luxos que o sarcástico do seu pai só acreditaria ser possível para gente nascida em berço de ouro e respaldada por séculos e séculos de riqueza, tudo, o apartamento mais que espaçoso em que vive com sua esposa e o que empresta – contra a vontade, porque ele gostaria de vê-la aprender a lição, ou seja, vê-la começar tudo de novo, mas realmente sozinha – para sua filha desencaminhada, o apartamento no centro de Mar del Plata, os terrenos nas serras de Alta Gracia e Ascochinga, a casinha de Fortín Tiburcio, os três carros, venderia tudo o que tem e sumiria do mapa de um dia para o outro, sem deixar rastros, e se dedicaria a viver, finalmente, a vida, sua própria vida, não a dos outros, e nos outros também o inclui, naturalmente, com esse cabelinho de menininha, mesmo sendo evidente que essa vida que ele chama de sua, seu avô não faz a menor idéia de como seria nem de como gostaria de vivê-la, mas que sabe que é um covarde, que jamais fará isso, que não terá peito para tanto, e que por isso, porque o resplendor dessa outra vida, embora impossível, nunca se apagará totalmente e continuará a lembrá-lo de tudo o que deseja e não faz, está condenado a uma irremediável amargura, condenado a envenenar-se e a envenenar a vida dos que o cercam, ele incluído, naturalmente, ele e seus cabelos loiros de mariquinhas e sua roupa de Super-Homem e seus desenhinhos e esses *crayons* infames que a três por dois deixa esquecidos no chão e que depois alguém esmaga sem perceber e que acabam feito pó no tapete, manchando-o para sempre.

Certa noite, no banho, enquanto ele contempla como o sabonete que salvou do naufrágio na água da banheira desfruta de sua inesperada sobrevida a bordo da esponja que faz de balsa, a empregada entra, apaga a luz por engano e o faz estremecer de medo. Não chega a chorar, mas a empregada, quem sabe se para consolá-lo de antemão das lágrimas que não derramou ou para conseguir que as derrame de uma vez, senta-se na borda da banheira com as pernas de lado, como ele viu as mulheres fazendo quando montam a cavalo, e lhe conta sobre seu noivo Rubén, cabo de polícia em San Miguel de Tucumán, de quem espera um menino e com quem se imaginava casada em menos de três meses até que recebeu a carta de uma mulher chamada Blanca, da qual ela nunca ouvira falar em sua vida, que lhe anuncia ser a mulher de Rubén, sua legítima esposa há cinco anos, com o qual tem já os dois filhos que aparecem nas fotos anexas, e lhe pede com bons modos que deixe de uma vez de escrever para o destacamento e que trate de refazer sua vida com algum outro homem que não tenha o coração tomado. E assim por diante.

Com seu pai, em compensação, escuta menos do que fala – e do que chora. Seu pai é o superior diante do qual comparece regularmente, para informar, sem dúvida, embora nunca lhe seja fácil decidir até que ponto as histórias que lhe conta importam, mas principalmente para garantir-lhe que tem, que continua tendo nele um todo-ouvidos, alguém capaz de fazer qualquer um falar em decorrência de sua mera presença física. A bem da verdade, pelo ar distraído e às vezes até de tédio com que as segue, não são histórias o que seu pai parece esperar dele nessas sessões em que ele sente que está representando, nem sequer as histórias que sua mãe conta, que invariavelmente afetam seu pai, e não só como pai, mas também como marido, como amante e como profissional, histórias que em vez de indignar seu pai, como ele esperaria que acontecesse, enternecem-no, dulcificam-no quase até a náusea, a tal ponto que, longe de desmenti-las, seu pai, que nunca termina de escutá-las sem lhe pedir que em vez de julgar sua mãe tente compreendê-la, tenha paciência com ela, parece, ao contrário, confirmá-las – não são histórias, mas lágrimas. Se a história que seu filho lhe oferece é indício de sua sensibilidade, do grau de proximidade que é capaz de estabelecer com qualquer adulto, o pranto é a prova, a obra-prima, o monumento, que ele alenta e celebra e protege como se fosse uma chama única, inestimável, que, caso se apague, jamais voltará a se acender.

Difícil, como sempre, saber o que é causa e o que é efeito, mas ele, essa capacidade extraordinária que ele tem de chorar em face do menor estímulo, seja a dor física, a frustração, a tristeza, a desgraça alheia, e mesmo o espetáculo fortuito que lhe oferecem na rua mendigos ou pessoas mutiladas, tem a impressão de que só a põe em prática, e mesmo de que a possui, assim, pura e simplesmente, quando seu pai está próximo. Longe, em outros contextos, a vida com sua mãe, por exemplo, ou com seus avós, ou, sem ir muito além, a vida escolar, tão pródiga em crueldade, humilhação e violência que até os meninos mais duros, ou mais sensíveis ao descrédito social, jamais atravessam sem choro, é preciso infligir um dano desumano para arrancar-lhe uma lágrima, e, nas raríssimas ocasiões em que se consegue arrancá-la, nem mesmo é legítimo dizer que chora, pois o que brota dos canais lacrimais, além de escasso, é neutralizado pelo estado de impassibilidade em que se mantém o resto de seu corpo. É quase patológico, tanto quanto será, mais tarde, sua reticência em suar. Sua mãe pensou mesmo em levá-lo para uma consulta, mas ao se imaginar diante do médico se arrependeu. O que dirá? “Meu filho não chora.”? A quem dirá uma frase como essa? Ainda não há psicólogos, não, ao menos, orbitando como corvos ao redor de uma família de classe média como haverá mais tarde, e a psicopedagogia é uma disciplina que ainda está engatinhando e que aquece suas turbinas nos gabinetes das instituições escolares. Ao médico da família? Talvez. Mas antes sua mãe teria de encontrar um médico verdadeiro, alguém que, diferentemente daquele que herdou de seu pai, um carniceiro veterano que só em sentido muito figurado pode-se dizer que os atende, para o qual nada que esteja abaixo de uma pneumonia aguda ou de uma peritonite merece ser chamado de doença nem justifica o tempo de uma consulta, possa ouvir um comentário desses sem explodir em gargalhadas, olhá-la como se estivesse louca ou incluí-la na lista de pacientes que não voltará a receber. Tudo o que não chora de um lado chora de outro. Simples assim. Pode estar correndo no pátio do colégio com seus sapatos de couro, ortopédicos, porque tem pé chato ou “o arco caído”, como lhe diz depois o mesmo ortopedista progressista que aos doze lhe serra os joanetes de ambos os pés, e escorregar e esfolar os joelhos nos ladrilhos e se levantar no ato e continuar correndo sem ao menos olhar para os machucados. Mas, se ele sabe que seu pai está por perto e vê de repente um cachorro vagabundo que se arrasta mancando entre caixotes de fruta pelo clube, é capaz de chorar vinte minutos sem parar. Desde quando tem essa capacidade, isso não poderia dizer. Mas para ele é difícil se imaginar com seu pai sem se ver tocado de algum modo pelo pranto, seja chorando, seja assoando o nariz depois de chorar, seja sendo assaltado pelo tremor e pela congestão massiva que pressagiam o pranto. Ele nem se reconhece ao ver fotos antigas onde aparece com o pai e se descobre com o rosto seco. “Não sou eu”, pensa.

[...] Considera as lágrimas uma espécie de moeda, um instrumento de troca com o qual ele compra ou paga coisas. Ou talvez seja a forma que O Próximo assume nele quando está com seu pai. Há em chorar algo que o faz recordar as pontas de seus dedos polidas pelo atrito com o fundo da piscina. Se os dedos pudessem sangrar, se sangrassem sem ferimento, só em virtude do extremo afinamento da pele, então seria perfeito. Afinal, ao chorar compra imediatamente a admiração de seu pai. Pode sentir a que ponto sua condição de lágrima fácil o transforma, de algum modo, num troféu, em algo que seu pai pode passear pelo mundo com um orgulho único, que não terá de compartilhar com nenhum outro pai, ao contrário das habilidades esportivas, da lascívia precoce, e mesmo da inteligência, virtudes infantis proveitosas, porém por demais comuns. Ele logo se conscientiza de que é uma espécie de menino prodígio, parente menor dos meninos enxadristas freqüentemente mencionados na revista *Seleções do Reader's Digest*, que sempre lê na casa de seus avós, e também do monstro de franja e calças curtas que responde ciciando sobre Homero no programa de televisão de perguntas e respostas que mantém o país inteiro ligado. Sua principal característica é a sensibilidade. Escutar, chorar, às vezes, e, muito de vez em quando, também falar. Falar, quando acontece, é o estágio superior. Em certas ocasiões fala do que o fez chorar, o vendedor ambulante sem perna, a mulher hemiplégica que fuma só com um dos lados do rosto, o colega de carteira que numa tarde de inverno perde o ônibus escolar e precisa voltar a pé ao tenebroso subúrbio onde vive. Mas o máximo, o cúmulo, a sessão de gala da cena íntima com seu pai é quando fala de si, quando "se expressa", quando diz "o que se passa com ele". Aí, nada de menino prodígio. Aí, é campeão olímpico, semideus e o escambau. Precisa ver como ele fala bem. De onde tira esse talento, seu pai não sabe. De fato, não deixou de lhe perguntar isso desde o primeiro dia, desde que o surpreende pela primeira vez chorando no vestiário do clube e pergunta o que ele tem, de passagem, como se o caderno de encargos de pai que algum crápula o fez assinar num momento de inconsciência, na penumbra insalubre de um dos botequins da Recova de Palermo, que sem dúvida freqüenta todas as noites de sábado em que ele, prostrado por uma angina, deve passar o fim de semana no apartamento da Ortega y Gasset com sua mãe, acrescentando ao ardor das placas de pus, das amídalas inflamadas e da febre o mal-estar que lhe provoca uma intimidade tensa, grosseira, na verdade menos uma intimidade e mais a coexistência forçada, sob o mesmo teto, de duas pessoas que não fazem senão se ignorar, uma porque, embora ainda ame a outra e esteja disposta a tudo por ela, de fato não tem a menor idéia do que fazer com ela, a outra porque não passa um minuto sem que sinta vontade de estar em outro lugar, com outra pessoa – como se o fatídico caderno de encargos incluísse não apenas o dever de associar o esgar do choro à razão invisível que porventura o esteja causando, mas também o de perguntar aos filhos o que está acontecendo com eles quando o esgar começa a deformar-lhes a face. E quando menos se espera, quando seu pai só quer que se vire para ocultar as lágrimas e que mude de assunto ou que vá embora a toque de caixa, fingindo responder ao chamado de um amigo que se dirige, raquete na mão, para as quadras de tênis, ele lhe joga na cara essa razão invisível, que não é uma, são duas, três, um longo rastilho de razões entesouradas não se sabe há quanto tempo, não no idioma balbuciante que se esperaria de uma criança, mas num monólogo orgânico, articulado, tão consistente que seu pai, por um momento, poderia jurar que ele está a falar enquanto dorme, e de olhos abertos, como soube por sua ex-mulher que ele às vezes faz de noite durante a semana. [...] Decerto ele não puxou esse talento de seu pai, formado numa escola para a qual a introspecção, bem como as palavras que a traduzem, são uma perda de tempo, senão uma fraqueza. Talvez seja o contrário: é ele, o filho, com seus quantos anos?, ele tem seis ou sete quando o pai surpreende em seus olhos o lampejo de ansiedade com que mira o amigo que se dirige para as quadras de tênis, único salvador possível, e o arroubo de decisão que o leva a ficar, a rejeitar qualquer possibilidade de fugir, a ficar para chorar e falar?, é ele quem, de algum modo, forma, reforma o pai e o alista na escola da sensibilidade, em tal medida que, como Obelix, eternamente enfeitiçado com a poção mágica, não precisará banhar-se nela novamente para dispor de seus poderes. Claro que, se há algo insondável, acaso não seria isso?: de onde se arrancam as coisas, de onde que não seja desse interior impreciso, brando, sempre saturado de emoção, mas tão convincente e extorsivo, por outro lado, quanto sua contrapartida exterior, o fora igualmente imundo para o qual as coisas sempre devem ser arrancadas?

Não consegue evitar a lembrança da cena em que, com seu primeiro choro seguido de confissão, comove seu pai até as lágrimas e o alista para sempre nas fileiras da sensibilidade quando, levado precisamente por seu pai, vai certa noite a um desses bares com música que a cidade começa a chamar, não sem ostentação, de "pubs", e assiste ao show "mítico", segundo as crônicas que o evocam alguns anos depois, no qual um compositor e cantor de protesto se reencontra com seus fãs depois de seis anos de exílio. Não há muita gente, talvez porque o "pub", categoria relativamente nova numa esfera pública ainda dominada pelo "bar" e pelo "café" e muito mais nova, para não dizer desconcertante, para o repertório clássico de espaços de difusão musical, ainda não convoca as pequenas multidões a que estão acostumados os teatros, talvez porque o cantor, que, recém-chegado ao país, ainda não tem uma idéia cabal da irritação que seu regresso pode despertar nos criminosos que governam, descendentes melancólicos, mas diretos, dos que o obrigaram a partir, não tenha querido correr riscos e convenceu os donos do "pub", também organizadores do show, a evitar as promoções chamativas que sem dúvida merece. Já de cara ele tem a impressão, não sabe se agradável ou desagradável, de estar participando não de um ato ilegal, porque bem ou mal ele leu algo sobre o show em algum jornal, e, se estivesse apoiando alguma atividade contrária à lei, o "pub" não teria as portas abertas de par em par nem esses lampiões de um amarelo pálido acesos na entrada, à vista de todo mundo, incluídas as patrulhas que de quando em quando desfilam a passos lentos por uma das avenidas mais notórias do bairro de Belgrano, mas de um acontecimento híbrido, muito mais perturbador, em que o "clandestino", talvez para não assustar e não perder totalmente seu prestígio, tenha aceitado confundir-se com o "exclusivo". Assim, recém-chegado, tão logo seu pai se esgueira até os fundos do bar para cumprimentar um de seus conhecidos do mundo da noite, aquele que num domingo, por exemplo, acetinado de bronzeador sob o sol fatal do verão, quica no trampolim de New Olivos e crava na água uma bomba perfeita, ou aquele que, sentado à mesa do botequim que, ao preço de ocupá-la durante anos, tem todo o direito de chamar de sua, leva o maço de cigarros enfiado na manga da camisa arregaçada na altura do antebraço e oferece a seu pai garotas, alguma droga, uma porção generosa de "*vidrios*", como a época denomina os uísques, ele perambula entre as mesas indeciso e se pergunta o que fazer, com quem falar, onde sentar, e tampouco sabe como encarar o fato de que haja tão pouco público, se como um motivo de gozo ou desgosto, de júbilo ou desalento. Não passa de um show, mas para ele, formado, como tantos, na dialética da massa e da célula, da praça e do porão, o punhado de homens e mulheres a que se reduz a audiência com a qual se reencontra nessa noite o cantor de protesto, o mesmo que apenas sete ou oito anos atrás lota estádios e cede, satisfeito, suas melodias aos redatores de palavras de ordem militantes, não pode não ser um sinal, e um sinal não dos melhores, sobretudo quando a penumbra calculada do "pub", o falso antigo de seus revestimentos de madeira, o ar radiante dessas mulheres vestidas de branco e esses homens bronzeados que seguram copos longos na mão reproduzem ao pé da letra o clima, a cenografia e os protagonistas dos anúncios gráficos de marcas de cigarros ou de uísque que ocupam as contracapas das revistas de atualidades que há seis anos denunciavam o cantor de protesto como uma ameaça e exigiam a proibição de suas canções.

[...] É sexta-feira. Rompendo inesperadamente um silêncio de meses, seu pai ligou para ele no último instante, quase na hora do show. Ele hesitou. Não tem nada para fazer, pensou até em ficar em casa, mas basta escutar o entusiasmo tingido de culpa com que lhe propõem o programa para que de repente mil outras possibilidades o deslumbrem no horizonte da noite. Mente: "É um pouco tarde. Eu estava saindo". De fato, é tarde. Mas se o pai o chamou tão em cima da hora é porque acabou de saber do show, e não pelo jornal, como seria de se esperar, nem por terceiros, mas pela boca do próprio cantor de protesto, que, confia-lhe seu pai, "um pouco intimidado pelo evento" – acaba de chegar da Espanha com um passaporte provisório, seu advogado recomendou-lhe que ainda não desfaça as malas, é a primeira vez em sete anos que toca numa cidade da qual praticamente não reconhece nada –, decidiu que esta noite, a noite de sua estréia, seja uma "noite íntima" e só haja "rostos amigos" nas primeiras filas.

Novamente, como em todas as vezes que seu pai exibe a relação que o liga à pessoa famosa, ele tem dificuldade em acreditar, entrecerra os olhos em sinal de desconfiança. Como se por fim se rendesse às evidências de uma vida secreta, que sempre estiveram à mostra, mas que ele nunca aceitou reconhecer, de repente vê seu pai como um desses fanáticos de cabelo tingido e olhos ansiosos que colecionam fotos autografadas, montam guarda na porta dos canais de televisão para flagrar suas estrelas favoritas e depois transformam o cumprimento, as palavras de cortesia ou o sorriso fugaz, ligeiramente assustado, que seus ídolos lhes dedicam, menos para reconhecê-los do que para livrar-se deles sem despertar sua ira, em provas de uma cumplicidade ou de um afeto que não existe nem jamais existirá. Desconfia até mesmo nos casos em que a relação tem antecedentes que a confirmam, como ocorre com o cantor de protesto, de quem recorda ter ouvido seu pai falar muitas vezes quando o cantor está no auge da fama, primeiro no momento em que desponta, impondo de um dia para o outro seu leve sotaque italiano, sua espontaneidade, a humanidade melosa de canções que louvam, num suave dialeto de rua de classe média, a simplicidade e a pureza de valores que, à força de ficarem à vista, tornaram-se invisíveis, e se gabam secretamente de tudo o que nos impede de reconhecê-los, e mesmo de tudo o que os condena a desaparecer, porque é justamente a sorte trágica que esses valores perdidos assumem o que confere às canções o eco melancólico que lhes permitirá comover, extorquir, continuar colhendo adeptos; segundo, quando mais tarde, em harmonia com a época, o cantor decide revestir a humanidade de suas canções com a camada da agressividade, da crispação e da denúncia que se exige para passar sem problemas da indústria do sensível ao mercado do político, e instiga a que se deite abaixo o arame que cerca as terras ou a que se exproprie os meios de produção com o mesmo tom próximo, cúmplice, confidencial, com que até então celebra o milagre cotidiano de um aguaceiro, convida para ir ao bar a garota que vê todos os dias no ponto do ônibus ou contempla seu pai envelhecer num devaneio piedoso.

Nessa mesma noite, para não ir muito longe, enquanto se dirigem ao "pub", ele, em parte para pô-lo à prova, em parte porque fica indignado quando depara com um aspecto de seu pai que sempre se empenha em tentar esquecer, pergunta-lhe como é que o cantor em pessoa o convidou para o show, por quê, na qualidade de quê. E só lhe pergunta isso porque é mais forte que ele, porque na verdade não consegue evitar. Se pudesse, como o evitaria! Porque assim que faz a pergunta reconhece no rosto de seu pai o ar de satisfação e, ao mesmo tempo, de mistério, que ele daria tudo, tudo o que tem, para não ter de encarar. Mais uma vez, ele mordeu a isca. E enquanto se debate com o anzol incrustado no céu da boca, amaldiçoando-se diversas vezes por ter caído na armadilha, e não por imprevidência, porque sempre a detecta a léguas, mas por fraqueza, por curiosidade, até mesmo por inveja, seu pai solta um longo suspiro e ele entende exatamente o que é preciso entender: que se trata de uma "longa história", "complicada", "impossível de resumir", porém uma história que nos minutos seguintes seu pai, com uma arte que ele nunca deixará de admirar, a tal ponto ela lhe parece específica, dá um jeito de fazer aflorar, em meio a um relato que multiplica os rodeios, as marchas e contramarchas, as reticências, uma série de termos inquietantes, "aparelho", "linha clandestina de telefone", "passaporte falso", "Ezeiza", que ficam flutuando nele como bóias fosforescentes, vestígios de um incalculável mundo submerso que já não consegue tirar da cabeça. Se ao menos ele falasse com clareza. [...] É justamente o caráter vago de seu relato, a imprecisão em que deixa se diluírem as datas e os fatos, as zonas confusas que não só não parece evitar como até fomenta, é tudo isso, que ele nunca sabe se deve atribuir a uma memória despreocupada, que desdenha os pormenores, ou simplesmente ao cálculo, o que lhe dá o que pensar. Será que ele fala assim, migalha a migalha, com a dupla intenção de satisfazer sua curiosidade e ao mesmo tempo de não comprometê-lo? Talvez a frivolidade disso que vê como uma relação de reverência servil, e que merece dele uma condenação inapelável, sem nuances, não importa se o personagem notório em questão é admirável ou indigno, uma eminência ou o último zero à esquerda, um gênio ou um idiota, porque entende que situa seu pai num posto particularmente baixo da escala humana, não passe de uma cortina de fumaça, de uma tela destinada a disfarçar um laço mais estreito, e também mais perigoso, que instantaneamente poria em risco quem a ele tivesse acesso.

Mas nessa noite vê o cantor de protesto aparecer no palco do "pub", vê seu vulto vindo dos fundos avançar, alto e desalinhado, salpicado de aplausos e gritos mordidos, tanto que de repente fica difícil definir se o estão animando ou ameaçando, e acomodar-se com seu violãozinho na banqueta alta que instalaram no proscênio, vê como um facho luminoso disparado do teto o envolve de brilho e recorta sua cabeça cacheada e o contorno de seus óculos de míope, os dois achados mais persistentes de sua iconografia pessoal – além, é claro, de seu eterno sorriso, tão inseparável de seu rosto que mais de uma vez o atribuíram a uma forma benigna de atrofia muscular –, intactos, todos, apesar dos sete anos de exílio, e de algum modo ressaltados pelo macacão branco que veste, um desses "carpinteiros" abotoados na altura do peito e que não são usados pelos carpinteiros, pois um assim nunca se viu mais gordo, e sim por mulheres grávidas, professoras de jardim-de-infância e atores que, fartos de tentar a sorte em audições multitudinárias e de serem recusados, acabam por se asilar no mundo do teatro infantil ou no das comédias musicais, a única inovação, aliás, que parece ter trazido do moinho sem luz ou água potável em que dizem ter morado nos arredores de Madri, isso, o macacão branco, e uma canção que nessa noite não demora a cantar, novidade para todos e revelação total para ele, que ao ouvi-la sente estar compreendendo algo decisivo para sua vida – pois essa noite ele o vê, vê aquele que só conhece por capas de discos, fotos de revistas, apresentações de programas de televisão, e se pergunta, perplexo, quem poderia ter tido a idéia de que ele fosse tão perigoso que valesse a pena persegui-lo, tornar sua vida impossível, forçá-lo a deixar o país, apagar do mapa suas canções.

Entretanto, se tivesse de escolher nesse momento algo no mundo que fale dele, algo que o nomeie e que ele não possa evitar por mais que queira, porque o que nomeia é uma espécie de núcleo idiota que nem ele mesmo se atreveu ainda a nomear, escolheria três versos da canção que o cantor de protesto estréia nessa noite, três versos que, mais do que afetá-lo, o que implicaria que saem da boca do cantor e viajam pelo ar e agem sobre ele, parecem, na verdade, sair dele mesmo, sair sem viajar, porque ele, ao que se saiba, não abriu a boca, e tornar-se audíveis na boca do cantor, segundo esse milagre do credo populista que reza que o autor de tudo, incluídos, naturalmente, os três versos-estréia nos quais nessa noite ele, como os moribundos, vê desfilar toda sua vida, é o povo, ou seja, o público, sendo os artistas, no máximo, meros médiuns, porta-vozes orgulhosos da mensagem que o povo os elege para transmitir – mas para quem? Transmitir para quem, se eles são ao mesmo tempo os emissores e o público, e se além deles não há mais ninguém, ninguém digno, ao menos, de ouvir essa mensagem?

Não que não se faça essa pergunta. Ele a faz, mas é mais forte e mais o arrasta o outro, o modo com que os três versos da canção, que canta pela primeira vez em sua cidade, em seu país, nos quais, como confessa antes de executá-la, não deixou de pensar enquanto a compunha, acendem a verdade que ele guardava secretamente gravada. *Hay que sacarlo todo afuera / Como la primavera / Nadie quiere que adentro algo se muera.* Ouve esses versos e descobre qual é a sua causa, a causa pela qual milita desde que faz uso da razão, desde essa idade em que as crianças ficam desesperadas para falar e ele, por sua vez, para escutar, e a descoberta o inunda de uma espécie de terror maravilhado, tão desconcertante e novo, por outro lado, que perde o resto da estrofe, e só presta atenção nela quando o cantor, totalmente fiel à forma canção, repete-a logo depois com uma ou duas medidas a mais de brio, encorajado pelo eco favorável que viu ter colhido da primeira vez, e pelas palmas que antes, embora entusiasmadas, só irrompiam no final de cada canção, no máximo mordendo seus últimos acordes, e que agora se atrevem a acompanhá-la. *Vamos, contame, decime / Todo lo que a vos te está pasando ahora / Porque si no, cuando está tu alma sola, llora / Hay que sacarlo todo afuera / Como la primavera / Nadie quiere que adentro algo se muera / Hablar mirándose a los ojos / Sacar lo que se puede afuera / Para que adentro nazcan cosas / Nuevas, nuevas, nuevas, nuevas, nuevas.*

Entende tudo. Talvez seja o grande acontecimento político de sua vida: isso que lhe revela a verdade da causa pela qual sempre militou é ao mesmo tempo e para sempre o que mais lhe revira o estômago. Daí em diante passa a chamá-lo de náusea. Daí em diante não pode ver nem ouvir nem se inteirar de nada relativo ao cantor de protesto, que, diga-se de passagem, aproveita a mudança de ar geral, vende seu famoso moinho e volta a se fixar no país e com o tempo larga o violãozinho e o macacão branco para se dedicar à caridade política, sem jamais abandonar o sorriso, nem os óculos de míope, nem o tom de cumplicidade simplista, sem rodeios, tão de "vamos tomar um café", tão de "vamos bater um papo", com que costumava entoar suas canções, sem sentir o impulso de queimar o jornal que publica a foto de seu rosto, de reduzir a pó o televisor que o mostra cantando num teatro de Cali ou numa praça de touros em Quito, únicos cenários, ao que parece, onde continua sendo cômodo para o "povo" pronunciar-se por seu intermédio, ou de moer de pancada a pessoa que acaba de proferir seu nome, não necessariamente para elogiá-lo, no meio da conversa. Daí em diante, tudo o que cerca o cantor de protesto, não só seu letrista e seus amigos próximos como seus contemporâneos, seus coetâneos, seus, como se dizia na época, "companheiros de estrada", e também a época que o coroa, os valores que defende, a roupa que veste, tudo lhe parece rançoso, viciado na pestilência singular, tão tóxica, dessas iguarias que depois de certo limiar de tempo, quando se decompõem, irradiam uma fetidez bestial, difícil de imaginar mesmo nas coisas em que a putrefação é o único estado de existência possível. Naturalmente, seu pai logo embarcou na viagem – seu pai, a quem de repente escaneia de trás para frente, submetendo-o à varredura implacável de sua descoberta e de sua ira, a pior, ira de usado, de correspondente de guerra involuntário, de enviado especial à morte, como muito rapidamente começa a pensar. Em todos e em cada um dos dias de sua vida foi enviado ao mundo da sensibilidade, ao campo de batalha da sensibilidade, onde tudo é "proximidade", "pele", "emoção", "compartilhar", "pranto", e em todos e em cada um de seus dias, soldadinho obediente, ele regressou, e a algaravia com que seu pai o recebeu a cada vez, algaravia dupla se o viu voltar sem uma perna, tripla se voltou sem um olho e uma mão a menos, foi menos um prêmio do que um incentivo, o suborno necessário para garantir que no dia seguinte acordará cedo, vestirá o uniforme, partirá outra vez. Embarcam na viagem seu pai e, sobretudo, o véu úmido que lhe embaça os olhos toda vez que o vê voltar, com butim ou sem ele, do campo de batalha da sensibilidade, que parece adensar-se nos cantos dos olhos e quando está para se coagular, quando está prestes a tornar-se lágrima, zás, evapora – o mesmo véu de umidade, aliás, que seu pai, com o passar do tempo, faz brilhar como num passe de mágica em seus olhos, toda vez que ele está prestes a fazer alguma objeção, ir a fundo num problema que prefere esquecer, pôr em evidência o que sua estupidez o impede de ver, e que de repente embaça seus olhos – "embaça", palavra que passa a detestar, ligada que está ao "café", ao "calor" de um café no inverno, aos "apaixonados" que "desenham" um "coração" no "vidro embaçado" do "café", ou seja, à repulsiva galáxia onde continua reinando o cantor de protesto – e, além de protegê-los, amansando-a, desativa no ato a ofensiva que o ameaça. *Vamos, contame, decime.* Mas *vamos* para onde? *Conte-me* o quê? *Me diga*, quem?

Tarde demais. A náusea, ele pode detestá-la quanto quiser: isso não impedirá que o trabalhe, que continue a trabalhá-lo como sempre o trabalhou, com paciência, serenidade, confiança cega no futuro, com a certeza de que o tempo está a seu lado, ao lado da náusea, como o óxido trabalha até corroer aquilo que trabalha, com meticulosidade chinesa. Porque o que merece explicação não é a repulsa que o cantor lhe inspira nessa noite – nem nessa, diga-se de passagem, nem em nenhuma outra, nem em nada que tenha a ver com a repulsa em geral, grande buraco negro que não pára de sorver, de engolir um caudal de pensamento que seria providencial, até mesmo salvador, se fosse aplicado apenas aos objetos adequados. Não. É a atração, o magnetismo do cantor de protesto, quase irresistível, já, para qualquer um, como o provam os milhares e milhares de imbecis que ao longo dos anos cantam em coro seu nome, alimentam-se de suas declarações à imprensa, entoam suas canções, compram seus discos e esgotam as entradas de seus concertos, mas muito mais irresistível para ele, ideólogo confesso d'O Próximo. Quer ele reconheça ou não, o próprio cantor de protesto é aquele que mais tarde, terminado o show, quando no "pub" só permanecem "os amigos", seu pai entre eles, naturalmente, e ele, à guisa de *sidecar*, com seu pai, e seu pai o leva para conhecê-lo – é ele, o imundo, com suas lentes redondas, seus cachinhos encaracolados, seu ar de quarentão que se recusa a jogar a toalha, quem lhe dá a chave do fenômeno. "Meu filho", anuncia seu pai quando chegam até ele, que, sentado na borda do palco, dá uns autógrafos. O cantor devolve uma esferográfica, achinesa os olhos e o olha maravilhado, como se ele fosse o quê?, um morno pão sovado recém-saído do forno?, um crepúsculo?, uma arma carregada de futuro? "Seu filho!", exclama com suavidade, e nessa mistura perfeitamente dosada de violência e de ternura – "ternura", outra palavra que ele já não consegue pronunciar sem sentir que está se envenenando – ele acredita reconhecer a fórmula secreta de uma cumplicidade fundada naquilo que mais o aborrece no mundo: imprecisão, superficialidade, autocomplacência, e quando ele estende timidamente a mão, o braço rígido, como o de um robô, para não deixar seu pai numa saia justa, mas tentando manter alguma distância, o cantor de protesto o segura pelos antebraços e, puxando-o de imprevisto, de modo que ele, pego de surpresa, não possa resistir, abraça-o demoradamente enquanto apóia o queixo sobre seu ombro e murmura: "Mas que lindo. Mas que filho sensacional você tem. Mas que filho impressionante" – e diz isso não para seu pai ou para ele, naturalmente, por intermédio de seu pai, nem para ninguém em particular, e sim para esse todo mundo em particular para quem dá autógrafos e canta coisas como *Fui niño, cuna, teta, pecho, manta / Más miedo, cuco, grito, llanto, raza / Después cambiaron las palabras / Y se escapaban las miradas / Algo pasó / No entendí nada.* "E se não entendeu nada", pensa ele, "por que não se cala? Por que não guarda seu violãozinho no saco? Por que não ficou em seu moinho de merda?" E enquanto ele se deixa apertar por esses braços, magros demais para as mangas da camiseta que veste, também branca e com um sorridente sol bordado em destaque no peitilho do macacão, compreende até que ponto o sujeito é mesmo um artista, se é lícito associar a palavra *artista* a alguém que ao longo de duas horas e meia brilhou por dois motivos, primeiro, por entoar com um sorriso perpétuo, o sorriso "de cantar", "de estar vivo", "de estar juntos", um repertório de canções a que faria objeções, indignado, o elenco mais débil de débeis mentais, segundo, por citar com seu melhor tom de argentino reabilitado, que por fim deixa para trás uma penosa abstinência idiomática, palavras como *joder*, *vale*, *camarero*, *gilipollas** e outras que aprendeu durante seu exílio espanhol, que na época o ampararam e das quais agora, no círculo íntimo do "pub", em Buenos Aires, dá-se ao luxo de esquivar-se

* "Porra!", "tá bem", "garçom", "babaca". [N. T.]

– compreende que o cantor de protesto é exatamente isso, um artista consumado da proximidade, alguém que não conhece nada melhor do que o valor, o sentido, a eficácia da proximidade e seus matizes, e compreende ao mesmo tempo a ambivalência verdadeiramente genial desse abraço intempestivo que dois ou três minutos mais tarde, se o cantor de protesto não mantivesse sobre ele o firme controle que mantém, começaria a incomodá-lo, porque se, por um lado, parece limitar-se a traduzir, a atualizar um laço emocional que já existia antes entre eles, tivessem-no percebido ou não, e que por isso, modesto e recíproco, representa a quintessência do "intimista", por outro, é um presente, um dom, algo que existe e tem algum viés de realidade unicamente pela vontade do cantor de protesto, porque o cantor de protesto, como um sacerdote que não respondesse a Deus e sim a seu próprio arbítrio, decide concedê-lo, e nesse sentido, miraculoso e contingente, é um privilégio.

É uma sorte que Bondade Humana, como a partir de então ele passa a chamar, em seu íntimo, o cantor de protesto, tenha algo para fazer nessa noite, ir jantar com "os amigos", um "bom churrasco" com um "bom tinto", por exemplo, ou qualquer um dos programas de reeducação a que optam por submeter-se os argentinos que voltam do exílio, geralmente tão concentrados e intensivos, na verdade, que os próprios argentinos não os agüentam, e interrompa, desse modo, a intimidade que inaugurou com o abraço inesperado. Porque se ficasse com eles, com seu pai e com ele, que, por mais amigos do cantor que fossem, na hora da verdade, depois de algum conluio que não leva a um grande mas produz certa véspera de desconforto, são excluídos do grupo duro, aquele que em breve seguirá a pista do "bom filé" e "do tinto", aquele que afunda seu pai nessa amargura cujos sintomas ele detecta no modo com que de repente tudo troca de sinal, de maneira que o que antes foi excitação, entusiasmo, admiração, gratidão, agora é decepção, aversão, desprezo, e o próprio cantor de protesto que duas horas e meia atrás, ou mesmo durante o show, enquanto cantava *Soy el que está por acá / No quiero más de lo que quieres dar / Hoy se te da y hoy se te quita / Igual que con las margaritas / Igual el mar / Igual la vida, la vida, la vida, la vida*, era "valioso", tinha sua "autenticidade" e sua "graça", e até sabia plasmar certa "bonomia argentina", agora é um "desastre", "mente até quando afina o violão" e entoa canções que "já nos anos setenta nem os surdos teriam suportado" – se ficasse com eles, se aceitasse ir jantar com eles e seu pai e em algum momento se levantasse da mesa e os deixasse sozinhos, Bondade Humana, talvez amodorrado pelo "bom filé" e "pelo tinto" do qual, mesmo longe do grupo duro, não se privou, não conseguiria evitar e começaria a falar pelos cotovelos, a confessar, a verter no ouvido dele seu veneno doce e exclusivo, os segredos que nunca contou a ninguém, os mais recônditos e os mais miseráveis, os que nem ele mesmo sabe que guarda.

É isso, de fato, o que faz com ele um dos melhores amigos de seu pai na tarde em que voltam juntos de uma chácara ao norte da província de Buenos Aires. Rodam num BMW último tipo. Na altura da avenida Lugones com a Dorrego, com o velocímetro cravado em 175, quando a conversa parece mais que satisfeita com o temário sobre o qual borboleteia desde que saíram da avenida Márquez, as semifinais de Wimbledon, o inesperado fracasso de bilheteria de um filme policial argentino, a escalada do dólar, o efeito distrativo dos cartazes de propaganda expostos dos lados da Lugones, o sujeito, com seu bigode denso e seus *Ray-Ban* impenetráveis, um profissional da dissimulação, abre-lhe repentinamente seu coração e lhe conta, trêmulo, com palavras que é evidente que usa pela primeira vez, tal a dificuldade que tem para pronunciá-las, "amor", "solidão", "tristeza", provavelmente as mesmas que Bondade Humana embaralha ao sentar-se para compor suas canções, que sua mulher o largou, que vê sua escova de dentes no banheiro e chora, que não dorme mais, que já não é capaz de fazer o nó da gravata sem ajuda. E é isso que faz aos seis, sete anos, vá-se saber, num anoitecer de domingo, quando, no vestiário de Paradise ou de West Olivos, já de banho tomado e vestido, vai até o cubículo do responsável pelo vestiário para devolver sua toalha e o homem, que o conhece, que já recebeu dele milhares de toalhas, com cujos filhos, dois, ele costuma brincar quando os encontra na piscina, mas com o qual nunca trocou mais palavras que as de praxe, prorrompe numa espécie de soluço líquido e lhe conta que foi ao médico, que está doente, que lhe restam no máximo seis meses de vida.

Vinte anos mais tarde, numa noite em que, eufórico pelo amor que do modo mais inesperado entrou outra vez em sua vida e o virou do avesso como uma luva, aceita o convite para a festa que uma velha amiga, para comemorar seu regresso ao país depois de vinte anos no exterior, dá na casa que lhe emprestaram até que consiga instalar-se por conta própria, e pouco depois de jantar, enquanto monopoliza a sobremesa com um arroubo de loquacidade, numa dessas efusões verbais cuja exaltação só se justifica por esse brio típico das venturas recém-estreadas, e sem dúvida pelo anseio de exibi-las diante de quem as provoca, em seu caso esse corpo que, mais do que deixá-lo apaixonado, ele sente que lhe devolveu a vida e ao qual nessa noite e nos três anos seguintes estão dedicadas todas e cada uma das coisas que pensa, diz e faz, um homem de barba, lenço no pescoço, paletó de *tweed* e botas de montaria de couro de antílope, sentado até então na mesa diante dele, ou seja, também diante daquela que faz apenas duas semanas ele, corando, chama de minha mulher, levanta-se de chofre e desaparece de seu campo visual, e só reaparece alguns segundos depois, a seu lado, agora não como imagem e sim como voz – primeira vez que o ouve durante toda a noite, como percebe justo no momento em que o outro se inclina sobre seu ombro e começa e entornar-lhe sua coisa infecta no ouvido: *Isso porque você nunca esteve amarrado a um estrado de metal enquanto dois sujeitos davam choques no seu saco.*

Não reage. É incapaz de se mover. Depois, nessa mesma noite, enquanto serpenteia entre os lençóis para beijar o sexo da mulher que literalmente acaba de ressuscitá-lo e se lambuza com o esperma que nele acabou de derramar, ocorre-lhe que o que mais o deixou pasmo no episódio do oligarca torturado, como de imediato passa a chamá-lo, a tal ponto o estilo de seu vestuário, seus modos, o porte rígido e a dicção escorregadia, como a de um bêbado, e por fim o sobrenome – a que tem acesso, sem dizer por que lhe importa tanto sabê-lo, enquanto se abrigam na porta e se despedem da dona da casa que os beija, agradece que tenham vindo e lamenta novamente, com o tom exagerado com que costuma lamentar que não tenha acontecido algo que jamais teve a menor possibilidade de acontecer, que o "Gato" não tenha estado ali para lhe dar razão, para corroborar que o que ela lhe conta, em particular, no meio da festa, que seu amigo dos anos sessenta, o famoso saxofonista Gato Barbieri, aos quarenta anos de idade, insiste em dizer *ónigo* em vez de ônibus, é rigorosamente verdadeiro –, a tal ponto tudo isso o faz lembrar os vaqueiros, os fazendeiros e os produtores agropecuários que viu quando era menino, ano após ano, na exposição rural de Buenos Aires, excursão obrigatória de todo estabelecimento escolar argentino – no episódio do oligarca torturado, pensa, o que mais o deixa pasmo é o *Isso* com que inicia a frase de veneno que verte no oco de sua orelha. *Isso*, pensa. *Isso*, o quê? O que é *Isso*? O que designa? Tudo o que ele esteve dizendo nos últimos quarenta minutos da festa? O que esteve dizendo mais a felicidade com que o disse? Tudo isto mais ele, ele todo, inteiro, com seu rosto e seu nome e o que faz e seu modo de falar e a idade que tem? Tudo isto, ele inteiro, dos pés à cabeça, e pouco importa, evidentemente, que seja a primeira vez que o oligarca torturado cruza com ele em sua vida, mais ela, a mulher em cujos braços volta a dormir e gostaria de morrer agora, neste instante, antes que amanheça? E não só o que designa, mas o que conecta com o quê, como "soluciona" ou como e com que perfídia fabrica a estranha continuidade entre a efusão transbordante que o arrasta, apaixonado recente, pavão cujos surtos de extroversão, caso fossem intoleráveis, seria fácil moderar com humor, frear mudando o assunto da conversa ou até mesmo ignorar, deixando-o falar sozinho, no vazio, como já fizeram sem maldade várias das pessoas que dividem a mesa, convencidas de que o caldo de amor no qual flutua é tão pleno e excludente que o fato de se descobrir flutuando nele sozinho não só não diminuirá em nada seu contentamento como talvez o incremente – como liga sua felicidade, numa palavra, às cicatrizes que o oligarca torturado esconde sob o algodão de suas cuecas de grife, rastros de um pesadelo indizível que, se ainda não terminou, como é evidente, não é apenas pela alta probabilidade de que aquele agente de polícia que o seqüestrou ande solto pela rua, aquele que o obrigou a ficar nu não tenha mais contas a acertar com a lei a não ser uma velha multa por estacionar mal, aquele que o amarrou ao estrado compre o vinho de caixinha com o qual se embebeda no mesmo supermercado que ele, aquele que o torturou entre e saia do país na maior e todos se reúnam, duas vezes por mês, para evocar os bons e velhos tempos no bar da esquina, sem temer outras represálias senão as que podem infligir-lhes uma porção estragada de torta de acelga, um refrigerante sem gás ou uma conta que lhes cobra mais do que gastaram, mas também porque ainda restam no mundo pessoas como ele, desconhecidas, que irrompem numa festa e atravessam a noite fulgurantes como cometas, acesos pela mulher que têm a seu lado, que não fala e da qual não podem separar-se, porque, caso o fizessem, como aconteceria com a Terra se o Sol deixasse de brilhar de repente, toda a luz que os envolve, e que só por uma ilusão de ótica parecem irradiar, iria se apagar, e que só parecem existir para jogar na cara do mundo a evidência descarada de sua felicidade.

O episódio o persegue por algum tempo. Ao tormento de revivê-lo em todos os detalhes, exatamente como aconteceu, soma-se outro, talvez mais doloroso, sem dúvida mais cruel, o de ter agora, quando já é tarde demais, na ponta da língua, prontas para entrar em ação e pulverizar o oligarca torturado, todas as respostas que naquele momento não lhe ocorreram. Mas com os anos, expulsa das coordenadas de tempo e de lugar em que se passou, a cena perde vitalidade, desidrata-se e contrai-se, como o órgão extirpado resseca se não é logo acolhido pelo tecido pletórico de sangue e nervos de um novo organismo, até transformar-se numa moléstia ínfima, que quase não ocupa espaço nem é preciso dissipar, tanto se enfraqueceu sua energia hostil, ainda que na primeira oportunidade, assim que entra na órbita de uma ofuscação maior ou mais atual, convocado por um desses signos que, de imprevisto, sem propósito, fazem com que o presente mais banal rime com uma porção de passado atroz, o lenço de seda que alguém leva atado ao pescoço, um sobrenome de estirpe, as botas de montaria perfeitamente alinhadas que a vitrine de uma loja de artigos de selaria oferece, irrita-se de repente, milagrosamente, e volta a fustigá-lo como fez nessa noite, na seguinte, em muitas das que vieram depois. E por mais que odeie o oligarca torturado com todas as suas forças, por mais que dez anos depois, com o frenesi um pouco clownesco que trazem consigo as vinganças póstumas, que tentam reparar, multiplicando ira e encarniçamento, a única tragédia verdadeiramente irreparável, não ter estado à altura da oportunidade, ainda acorde no meio da noite, espicaçado pela fúria, e do repertório de vinganças que se ajuntam como moscas ao seu redor, uma das quais, nascida provavelmente de uma página do humorista Quino, uma charge tão antiga e talvez tão influente para ele quanto a da fieira de fofoqueiras de Norman Rockwell, insta-o a averiguar onde vive e quais são seus horários de entrada e de saída, a tocar sua campainha do nada e surpreendê-lo, no exato momento em que ele abre a porta, com uma porrada que lhe quebra os dentes, correndo o risco, como acontece na anedota de Quino, de que, ao abrir a porta, considerando os anos que transcorreram desde o incidente, a vítima que naquela festa foi o seu carrasco tenha voltado, por essas reviravoltas da vida, a ser vítima e agora esteja de luto pela morte de um ente querido, ou doente, ou sumida numa depressão terminal, ou desesperada de todas essas vinganças por mais que termine escolhendo uma, sempre a mesma, aquela que na lucidez dessa vigília indesejada lhe parece a mais brutal: jogar-lhe na cara, diversas vezes, em sua imaginação desenfreada, a beleza insultante da mulher que tinha então a seu lado, verdadeira e única razão, em seu entender, do ataque furioso do outro, compreende finalmente a maldade que faz se for considerar esse cretino, que verte em seu ouvido os vestígios pútridos de seu suplício, um artista do ressentimento, um chantagista sem escrúpulos ou um psicopata profissional, a cegueira em que está se ele, que sempre se gabou de restituir à felicidade a dor que lhe faz falta, não percebe que o oligarca torturado é, no fim das contas, seu par perfeito, alguém que lhe paga na mesma moeda e a seu modo lhe pergunta: *O que há? Quando a felicidade é sua não há suspeita? Quando a dor é de outro você não a exuma? Quando a felicidade é sua e a dor é de outro não há relação entre felicidade e dor?*

Quem diz dor diz segredo, diz vida dupla. O perfume de morte destilado por esse prodígio de vitalidade que o responsável pelo vestiário do clube foi, é e continuará sendo é um signo tão obscuro e vertiginoso, abre de par em par tantas portas desconhecidas quanto os suspiros que um amor difícil põe na boca de um homem que até o dia de ontem só perde a cabeça por um novo modelo de *Ray-Ban* e a calma quando seu *personal trainer* não comparece à aula, e entra em pânico se a mulher na qual acaba de ejacular continua a seu lado cinco segundos depois de tê-lo satisfeito e ainda por cima pretende conversar, ou quanto a idéia de uma ponta de metal eletrificada, originalmente desenhada, diga-se de passagem, com um propósito agropecuário como o de facilitar o tanger das vacas rumo ao curral, que estremece os testículos de um homem até há muito pouco tempo ocupado basicamente com leilões de gado, viagens, excursões de veleiro pelo Rio da Prata com garotas de biquíni no convés. [...] Gosta de ser o único que conhece esses compartimentos secretos. Poderá virar a mesa e renunciar a seu talento de escutar tão logo comece a exercê-lo, livrar-se, como se diz, desse papel confidencial que, se ele se descuidar, em breve irá se tornar um destino para ele, mas ninguém poderá roubar-lhe o prazer que o estremece cada vez que alguém se vira do avesso como uma luva, tentado pela disponibilidade de sua orelha, que não somente está ali, ao alcance da mão, como parece falar, falar uma língua própria e silenciosa, e chamá-lo: *Vamos, contame, decime.*

Por que não vira padre? Por que não psicanalista, motorista, michê, recepcionista de um desses serviços de assistência ao suicida que nos filmes dissuadem de se atirar no vazio com um punhado de frases oportunas os desesperados que falam pelo telefone enquanto se equilibram numa cornija? *Hay que sacarlo todo afuera / Como la primavera.* Não, não pensa cuidadosamente em lucrar com esse talento que o entedia assim que o descobre. Já a canção, ele guarda como uma espécie de hino inconfessável. A náusea. Quando quer cair em si, já era, não tem mais jeito de voltar atrás: entende que sua canção, essa canção que, sensível como um macio bloco de cera, deixa-se imprimir por tudo aquilo que a rodeou ou esteve em contato com ela e ao conservá-lo flecha e marca em brasa e passa a encarnar verdade e beleza ao mesmo tempo, em seu caso é uma aberração sem nome, atroz, abominável, que não se atreve a trautear em público, mas que ouve, incessante, em algum lugar de seu coração, de onde lhe diz diversas vezes quem é, do que é feito, o que pode esperar. Padre não, nem pensar – a menos que por padre se entenda o pároco que Nanni Moretti interpreta em *La messa è finita*, vítima, mártir, justamente, da aura de compreensão, tolerância e também sagacidade que o envolve, que de algum modo lhe permite "ascender", posto que é esse dom, raro mesmo entre os padres, que deveria vir de fábrica com ele, que faz com que seus superiores decidam transferi-lo e da obscura paróquia que dirige numa ilha do mar Tirreno o destinem a uma obscura paróquia dos subúrbios de Roma, e que parece convidar seus pais, sua irmã, o círculo de amigos com os quais se reencontra depois de anos, todos debilitados pelo tempo, pela frustração, pela doença, pela amargura sexual, pela ruína dos ideais, e um deles, ex-brigadista vermelho, pela prisão, a chorar diante dele várias vezes, a pedir-lhe consolo a qualquer hora do dia e da noite, a sepultá-lo com lamentos, incertezas, súplicas de uma salvação que nem ele nem ninguém jamais estará em condições de conceder. E mesmo quando comemora, alvoroçado, as cenas culminantes em que o padre, até o pescoço dessa chuva de rogos que o encharca dia após dia, baratinado, como se diz agora, perde completamente as estribeiras e esbofeteia a irmã que pretende fazer um aborto, repreende aos gritos o amigo que leva uma surra por chupar picas sem rosto na escuridão dos cinemas, salpica de maldições aquele que, abandonado pela mulher, resolve se trancar no apartamento e privar o mundo de sua pessoa para sempre, mesmo quando goza como nunca quando em meio ao transe, sozinho, Moretti se pergunta em voz alta o que esse bando de imbecis pensa que ele é para despejar em cima dele seus problemas de quinta categoria, também se pergunta com escândalo como é que não fez isso antes, por que demorou tanto para estourar. Mas é ele quem pergunta, ele que sequer estourou, nem mais cedo nem mais tarde, nunca, e que tampouco irá estourar.

Na verdade, de ser padre o separa algo "visceral" – um adjetivo que não emprega, absolutamente, em nenhum outro caso e do qual, como ocorre com "entranhável", ele se protege com todo o cuidado, como Super-Homem devia se proteger das duas kriptonitas se os quadrinhos, privados então de seu mal motriz, não corressem o risco de naufragar na atonia: uma irremediável aversão ao hábito, derivada, sem dúvida, da que costumam inspirar-lhe os uniformes. Não é tanto o lado comunista, de igualdade e reconhecimento, à vista desarmada, da igualdade, que esse até lhe agrada e gostaria, mesmo, de vê-lo utilizado mais amiúde na vida cotidiana, mas justamente o lado disfarce, o lado máscara, a promessa, ou melhor, a evidência de vida dupla que encerram, sejam eles uniformes de padres, policiais militares, caixas de supermercado, alunos de escola. Desenham-nos para que eles signifiquem sem mal-entendidos, para que a mensagem que comunicam seja simples, direta, unívoca – mas isso não impede que para ele sejam sinônimo de duplicidade, isca, ceva de arapuca. Em todo uniformizado não vê uma pessoa, mas duas, pelo menos duas e que se opõem, uma que promete segurança e outra que rouba e violenta à mão armada, uma que vigia as fronteiras da pátria e outra que saqueia e extermina com o distintivo no peito, uma que abençoa e reconforta e outra que se faz masturbar por coroinhas no confessionário, uma que sorri e opera a caixa registradora com profissionalismo e outra que soma produtos que ninguém comprou, e dessas duas há uma, a secreta, a que se oculta atrás do verde-oliva, da insígnia de grau, do cabeção sacerdotal, até mesmo do lenço e do paletó de *tweed* e das botas de montaria do oligarca torturado, que, provavelmente ausentes de um catálogo oficial de uniformes, ocupariam página dupla central em qualquer um dedicado aos usos e costumes da classe alta argentina, que é a pessoa que ele teme, não tanto pelo que lhe possa fazer, porque, já alertado pelo signo do uniforme, sabe de antemão o ás trapaceiro que esconde na manga e como evitá-lo, quanto porque em algum momento, mais cedo ou mais tarde, esse duplo clandestino irá vê-lo, reconhecê-lo, tocá-lo no ombro, e confiará a ele, só a ele, o que lhe arde no peito.

[...] Por mais irônico que soe, enquanto arrebenta, vestido de Super-Homem, o vidro da janela francesa que dá para a sacada do quarto andar da Ortega y Gasset, lá embaixo, na rua, que com o tempo começa a recordar em preto-e-branco, com árvores sem folhas cujos troncos pintados com cal, como os de um povoado devastado por uma peste, balizam regularmente a calçada, as poucas pessoas que se vêem caminhando, subindo ou descendo de automóveis ou entrando ou saindo de edifícios que, a não ser por detalhes menores, reconhecíveis apenas para os que há anos vivem no bairro, são praticamente idênticos, estão uniformizadas. Natural: são militares, como são militares o bairro, o engenheiro que desenhou os edifícios, a maioria dos nomes das ruas, o hospital encarapitado no alto de uma ribanceira na qual, de quando em quando, em meio a um estrondo que ele, apesar de não ser a primeira vez que o ouve e de saber por sua mãe o que o causa, num primeiro momento sempre se empenha em atribuir a alguma espécie de catástrofe natural que não deixará sobreviventes, aterrissam helicópteros que imagina cheios de soldados sangrando – como são militares os *jeeps*, os caminhões, até mesmo os carros particulares, reconhecíveis por esse característico esbanjamento de insígnias patrióticas, que muito de vez em quando aparecem na rua, e o ex-dono do apartamento em que vive, um piloto da Força Aérea que seu avô conhece numa lua-de-mel grupal, um recurso que a época, meados dos anos trinta, põe em prática para dissimular, ao menos durante as primeiras semanas seguintes ao casamento, o câncer que vinha implícito em todo contrato matrimonial: o tédio, do qual não tarda a tornar-se amigo, tirando-o do apuro em que o afunda um vício nunca totalmente esclarecido, jogo, mulheres, negócios sujos, e que, por fim, quando é evidente que não poderá devolver o empréstimo como o recebeu, em dinheiro, porque o jogo, as mulheres, os negócios sujos ou o que quer que seja que o fez cair tão baixo continuam a consumi-lo, ele o paga de uma única vez com esse apartamento de três cômodos que a Força, como ele a chama, vendeu-lhe em condições muito favoráveis quando se casou e que, apertado demais para suas pretensões, altas demais, como cabe a um aviador, nunca chegou a usar – como é também militar, parece, o vizinho de bigode fininho e cabelo à escovinha que, alertado pelo estrondo do janelão que se estilhaça e pelos gritos de sua mãe e de seus avós, que já imaginam o pequeno Super-Homem desfigurado, apressa-se em tocar a campainha e quando sua avó lhe abre a porta, ainda estremecida pela risada histérica que a assalta ao comprovar que por um milagre não aconteceu nada, entra, dá sem pedir licença três pernadas ágeis e se planta no extremo da sala de estar do apartamento, em parte para, como ele mesmo anuncia, oferecer ajuda, em parte para verificar em primeira mão que tipo de incidente conseguiu arrancá-lo da sesta, como o provam a regata branca e a camisa verde aberta por cima, as calças abotoadas às pressas e os pés descalços, pequeníssimos.

Assim como mais tarde, transcorridos os anos que as ruínas do passado demandam para escorar uma ficção que sempre fala de outro, ele vê as fotos dessa tarde, que seu avô tirou para testar a câmara recém-comprada, e as imperfeições flagrantes da roupa do Super-Homem lhe arrancam gargalhadas, não só as que traz de fábrica, a barra descosturada que ele arrasta ao caminhar e às vezes esmaga com o calcanhar descalço, os botões visíveis demais, as costuras abertas nas axilas, o tecido que sobra e pende do peito, mas também as que ele mesmo lhe inferiu nos vinte minutos que se passam desde que a desembrulha, enganchando uma manga num dos ângulos da caixa e salpicando com um espirro de leite achocolatado o "S" mal desenhado, por outro lado, que deveria estourar de tensão em seus peitorais, assim, mas ao contrário, toda vez que desce para patrulhar a rua com seu triciclo e cruza com alguns militares, no mínimo dois, porque alguma lei que ele ignora parece proibir que os militares caminhem sozinhos, o que o deixa pasmo é o aspecto absolutamente impecável que esses uniformes exibem de frente, quando avançam em sua direção, e de costas, quando ele pára de pedalar e vira a cabeça para olhá-los, passados, limpos, de cor homogênea, perfeitamente na medida, tinindo, como se acabassem de sair não de uma tinturaria, que bem ou mal teria deixado neles algum sinal, mas sim dos próprios ateliês onde são confeccionados. Bem penteados, com o quepe no lugar certo, os sapatos engraxados, a mala escura na altura adequada e o passo sempre sincronizado, tudo condena os militares à paródia, ao marzipã, à ingenuidade dos bonecos de biscoito. Mas ele os vê, ele os vê de dois em dois, muito juntos, ao mesmo tempo únicos, porque os civis brilham por sua ausência no bairro, e ralos demais, como se, exemplares de uma espécie rara ou moribunda, evitassem a todo o custo prodigalizar-se – ele os vê tão novos que passam por sua cabeça os alienígenas da série *Os invasores* quando adotam forma humana, a única, que ele se lembre, em que aparecem, pois se têm alguma outra, uma forma original, a que se supõe que trazem do planeta do qual fogem, ele nunca a viu. Essa forma deve-se a *Os invasores*. E essa dívida que a série renova a cada episódio, além do carisma desamparado de David Vincent – herói de uma ficção que, pensando bem, trata apenas de um problema, a esperança, de como tê-la e perdê-la, de como renová-la, estabelecendo, como um axioma, o seguinte: que a esperança é unicamente uma diferença, um resto que nunca brilha tanto como quando tende ao zero –, talvez seja o que mais o induz, todas as tardes, quando volta da escola, a adiar as obrigações mais urgentes para abismar-se durante meia hora diante da TV.

[...] Põe o triciclo em posição, senta-se, e quando apóia no pedal o pé, que já aos quatro, quatro e meio, para vergonha de sua mãe e de sua avó, que cada vez que se deixam surpreender por essa obra-prima precoce da deformidade escondem seus próprios pés sob a mesinha de centro, começa a curvar-se pela pressão do joanete, olha para a rua deserta e fareja algo no ar, como os gatos. Levanta os olhos, vê o que acontece. Nada se move. Há vento, uma bela brisa lhe despenteia os cabelos que seu avô vive sonhando em cortar, em ver amontoado em feixes no chão reluzente de um salão de cabeleireiro que não admite mulheres, mas as poucas folhas que resistem nos galhos das árvores estão quietas, como se fossem cenográficas. Desce os olhos até o nível do triciclo e vê os militares vindo juntos, tão em uníssono que seu andar parece ensaiado. Executam. Estão sempre em missão. Há um fator zumbi na limpeza mecânica de seus gestos, na falta de hesitação, na determinação com que se movem. Não que não se distraiam: a distração, como respirar sob a água para um pássaro, nem sequer representa uma possibilidade para eles. Quem são? De onde vêm? Mais que de um lar, com suas salas aquecidas, seus quartos meio desarrumados, seus banheiros ainda embaçados pelo vapor de uma ducha, mais que de um escritório, com suas poltronas giratórias, suas cortinas de baquelite, seus pisos atapetados, imagina-os vinte minutos antes e os vê emergindo das cápsulas de vidro em que hibernaram a noite toda e que se abrem de repente, ativadas sabe-se lá por que cérebro central, com um estalido que se prolonga numa exalação, muito parecido ao que, anos depois, farão os ônibus de linha, não *ónigos*, quando freiam e param – as mesmas cápsulas, misto de velhos secadores de cabelo e elevadores transparentes, onde os invasores de *Os invasores* passam em estado inanimado o tempo em que não estão ocupados assumindo o controle das fábricas de armamentos, tomando posse dos canais de televisão ou se aninhando nos corpos de um elenco de terrícolas estratégicos... [...] Se algo atrapalha o plano que os militares têm de cumprir, e algo pode ser qualquer coisa, um cão vagabundo que se põe a dormir sob a coberta dentada do *jeep*, um porteiro que os vê chegando e continua lavando a calçada, ele mesmo, com seu triciclo e a senhora que cuida dele, qualquer obstáculo que uma vontade inimiga interpõe na trajetória desenhada no mapa que guardam dobrado em quatro num dos bolsos do uniforme impecável, a surpresa, a ofuscação, o desgosto que sentem, e as reações imediatas a que se expõem, são parentes diretos da chispa de contrariedade, e depois de determinação criminosa, que lampeja nos alienígenas quando alguém lhes dá a entender, quase sempre sem querer, que sabe que não são o que parecem.

Quanto tempo leva para perceber que nele se dá o contrário, que já nesse ele, que ao ver os alienígenas chegando olha para a mulher que cuida dele e mantém o pé quieto no pedal, quieto até sentir cãibras, primeiro está a ficção e depois a realidade, pálida, distantíssima? Isso explica que, em seu devido tempo, como a opção padre, a opção michê tenha sido descartada na hora de explorar sua faculdade para a escuta. Para michê, Puig, pensa. O escritor Manuel Puig, que não suportava que o real estivesse tão longe, que chegava ao real acelerando, encurtando caminho pela via da ficção, seu verdadeiro e único *intermezzo*. Ele que, da ficção, faz uso contrário, para manter o real à distância, para interpor algo entre ele e o real, algo de outra ordem, algo, se possível, que seja em si mesmo outra ordem. Daí tudo, ou quase tudo: ler antes mesmo de saber ler, desenhar sem saber ainda como se maneja o lápis, escrever ignorando o alfabeto. Tudo o que for preciso para não estar perto. (A precocidade, como ele pensou mais de uma vez, só seria um dialeto dessa obsessão pelo mediato.) Ao contrário do que ele pensa adivinhar que acontece em muitos dos filmes em preto-e-branco que vê nas tardes de sábado na televisão enquanto sua mãe dorme uma espécie de porre eterno, onde os extraterrestres, que sempre aparecem precedidos pelo agourento ulular do teremim, são o símbolo dos invasores comunistas, para ele os militares são o símbolo dos extraterrestres, assim como o hospital encarapitado no alto de uma ribanceira é a metáfora do laboratório onde se regeneram seus organismos e os *jeeps*, os tanques, os caminhões de lagarta, a encarnação terrestre de meios de locomoção tão avançados que a imaginação humana é incapaz de concebê-los. Para ele, sem ir muito longe, bastam os uniformes. Nunca uma ruga, qualquer nódoa, nenhuma lapela dobrada. Como é possível?

Numa dessas raras tardes em que sua mãe, graças a uma noite sem pesadelos ou a um coquetel de remédios bem calibrado, decide, para sua surpresa, levá-lo ela mesma para passear na praça, ele se mete no pequeno elevador e se acomoda como pode na brecha que restou livre. É uma fração mínima de espaço, espremida entre a porta e o triciclo que sua mãe, que só teve que torear o veículo uma vez, no dia em que os avós chegam de imprevisto com ele no apartamento e alguém – alguém que não pode ser seu avô, que tem o costume de esgotar sua modesta cota de generosidade na coisa que presenteia e depois se limita a contemplar, como se pertencesse a uma jurisdição alheia, todas as operações verdadeiramente cansativas que o presente desencadeia – deve se encarregar de libertá-lo dos blocos de isopor que o imobilizam e tirá-lo da caixa, conseguiu fazer entrar no cubículo, logo depois de forcejar penosamente, e isto da maneira mais incômoda e antieconômica possível: atravessando-o em diagonal, o que divide o espaço do elevador em dois triângulos sem nenhuma proporção. Assim, sua mãe, que ainda nem pôs um pé na rua e já revela, pela cara que faz, que daria tudo para voltar para a cama, vestir outra vez a camisola, baixar as persianas, tomar outra pílula e dormir até de noite, fecha a porta gradeada e aperta o botão do térreo, quando de fora irrompe aquela mão que abre a porta de chofre e detém o elevador que partia. É o vizinho, o vizinho militar. Ele se desculpa e entra, e com ele, envolvendo-o, entra uma nuvem gelada de fragrância, um desses perfumes baratos que só a boa vontade, ou o fato de surgirem associados a um corpo humano, e não a um lugar vazio forrado de azulejos, impedem que se confunda com os desodorizadores de ambientes que se respiram na maioria dos banheiros públicos. Entra uniformizado, como não poderia deixar de ser, e só o uniforme, à primeira vista limpo, passado, impecável, como todos os que vê na rua exibidos por seus duplos de Alfa Centauro, pode fazer com que ele desvie os olhos do que os mantêm cativos há alguns segundos: a fenda de escuridão que acaba de abrir perto demais de seus pezinhos o desnível entre o piso do corredor e o do elevador, na qual sente que seu corpo poderia caber sem problemas e pela qual já se imagina, ficha humana, escorregando no abismo. Descem no elevador – sua mãe e o vizinho daquele lado do triciclo, juntos, ele, do outro, com a roda dianteira do triciclo, que continua girando por inércia, roçando sua franja, e aproveita que sua mãe e o vizinho trocam umas frases protocolares nas quais é evidente, contudo, o muito que ambos põem de si, muito mais do que a índole do diálogo exige deles, sua mãe, sem dúvida, para escorar uma respeitabilidade que pensa estar prejudicada por sua condição de jovem separada já com a carga de um filho, o militar, quem sabe, talvez porque a deseje, talvez porque se pergunte quem poderá ser essa jovem separada já com a carga de um filho que só ouve *jazz*, veste-se na última moda e não consegue pregar o olho sem soníferos, talvez porque ele também tenha algo a esconder – aproveita então para sondar de cima a baixo o uniforme do vizinho. Outra vez o mesmo fascínio, o deslumbramento, o estupor em que o abismam esses tecidos lisos, homogêneos, limpos da mais ínfima irregularidade, cujo lustro, que não é deste mundo, ele só pode comparar ao da carroceria de metal, se é que há metal, naturalmente, em Alfa Centauro, das naves em que viajam os invasores. E no entanto, no segundo ou terceiro rastreamento, seus olhos, depois de subir e descer, deixam-se surpreender por uma dissonância, algo que parece um ruído no debrum da farda, ali onde a mão do vizinho abre e fecha várias vezes esses dedos esbeltos e reluzentes, evidentemente com as unhas feitas, sobre um molho de chaves. O forro da jaqueta, descosturado, deixa escapar uma língua lânguida por debaixo da barra.

Muda tudo, evidentemente. Porque se um uniforme perfeito já é um sinal de falsidade, uma fachada ardilosa, o que será, então, um uniforme defeituoso? Não pode acreditar. Tem a impressão de que sua cabeça começa a dizer que não por vontade própria, sem que ele tenha tido que dar a ordem. Continuam descendo. A nuvem de perfume, antes suspensa na altura da cabeça e dos ombros do vizinho militar, onde foi evidentemente orvalhada minutos antes, começou a dissolver-se e a precipitar-se, e agora desmorona sobre ele como um manto adocicado, mistura untuosa de menta e flores e bosques patagônios que, mesmo ele mantendo lábios e mandíbulas cerrados, mais pela incredulidade que lhe causa o defeito do uniforme do que para se defender do bafo, acaba se metendo em sua boca, fazendo estourar milhares de chispas efervescentes contra o palato. Tem o forro descosturado diante de si, na altura de seus olhos, varrido pela roda dianteira do triciclo que continua girando. Está tão perto, pensa, está tão diante dele, e tão em foco, que é quase como se ele mesmo o tivesse descosturado. De repente tem medo de que o acusem. Decide não olhar, desvia os olhos e os crava nas pontas de seus próprios sapatos, onde o couro preto tende a descascar. Quando passam do terceiro para o segundo andar, a baforada de perfume se espessa e se solidifica às portas de sua garganta: uma pasta densa, ainda maleável, como a que um dentista um dia usa para forrar-lhe os dentes e tirar um molde de sua boca, mas que em segundos ficará dura e seca feito pedra. Não demora a sufocar. Estão chegando ao térreo quando o assalta uma ânsia, a primeira, a mais importante das três ou quatro que desembocam, pouco depois de o vizinho militar, prevendo o que está por vir, correr a abrir a porta do elevador, no vômito mais portentoso que lhe coube na vida.

Não é sua mãe quem toma as rédeas da emergência, mais preocupada, como sempre, com o aspecto social da situação, com a vergonha diante do vizinho, com a reação que aquela lambuzeira no *hall* sem dúvida provocará no zelador do edifício, com o compromisso em que a envolve o fato de receber ajuda e com a dívida que assume não ao aceitá-la, porque tudo acontece tão rápido que não há tempo sequer para oferecer ou aceitar, e sim ao não recusá-la, do que com seu aspecto materno-filial ou médico. Não é ela, que só consegue esboçar uma série de gestos espasmódicos, sem a menor convicção, a agachar-se junto dele, levantar-se com cara de nojo, procurar algo em sua bolsa, um lenço, um jornal, um remédio, algo que evidentemente não tem e que além do mais não ajudaria e que simplesmente representa sua idéia de ajuda num mundo abstrato, remotíssimo, o único em que consegue se imaginar ajudando, e sim o vizinho militar, que não hesita em arriscar a lisura perfeita de suas calças e, ajoelhando-se junto dele, que arqueja refletido nas cerâmicas do piso, segura-o com delicadeza pelas axilas e o insta a continuar, a vomitar outra vez, todas as vezes que precisar, diz, até se aliviar totalmente, e as palavras que usa para animá-lo, como ele mesmo, em dado momento, não deixa de se espantar e reconhecer, cruzam o tempo como flechas e repercutem naquelas que certa noite, no "pub" de Belgrano, canta com seu violãozinho e lhe crava no coração o cantor de protesto amigo de seu pai. Em dez segundos tem o corpo ensopado de suor, está gelado, começa a tremer. Assim que vê que ele não vomitará mais, o vizinho senta-se no chão, ajeita as pernas e o acomoda no berço improvisado de suas coxas. Ele se abandona. Gostaria de resistir, debater-se entre esses braços desconhecidos que agora, em contato com seu corpo, surpreendem-no pela magreza, pela delicadeza, e em determinado momento, enquanto passa do chão duro ao leito formado pelas pernas do vizinho, até olha para sua mãe ali de baixo com a intenção de dar-lhe a entender, não falando, porque teme que ao abrir a boca tudo comece novamente, mas mediante algum sinal mudo, porém eloqüente, que se ele não se debate, se ele se deixa levar e aceita a hospitalidade do desconhecido, não é por querer ou por ter decidido isso, mas apenas porque não tem forças para fazer outra coisa. Não é sua mãe, de qualquer modo, a pessoa que vê quando levanta os olhos, ou ao menos não a reconhece inteiramente na mulher que, vestida, todavia, como sua mãe, suficientemente parecida com sua mãe para poder se fazer passar por ela, olha por um segundo para o leque de vômito que se desdobra no piso, o rosto desfigurado por um ríctus de desgosto, e depois de dizer duas vezes algo sem som, uma frase que ele decifra lendo seus lábios, *Que horror, que horror*, anuncia quase sem voz, como se também ela estivesse prestes a vomitar, que vai subir em busca de um pano enquanto se precipita para o elevador e o abandona nos braços do desconhecido.

[...] Já não lhe bastam os dedos das mãos para contar as vezes em que tentou se lembrar do episódio com sua mãe e sua mãe o olhou com surpresa, com uma espécie de remota perplexidade ou mesmo com escândalo, como se na insistência dele em rememorar a cena não visse uma avidez genuína de saber, e sim a vontade obstinada de confundi-la com outra pessoa. "Não foi comigo", diz ela, e ainda que a seu modo confirme, com efeito, a impressão de estranheza que ele tem naquele dia, no *hall* de entrada do edifício, quando a olha e não consegue reconhecê-la, o fato de negar diversas vezes ter participado do episódio, abortando assim a própria possibilidade de lhe dar algum crédito, de fazer um esforço e de afinar melhor a lembrança, isso basta para tirá-lo dos eixos. Não que ele se lembre muito, também. Mas não é justamente por isso, porque as marcas que o episódio deixou nele, criança, frágil, doente, são vagas, indecisas, tolerando a duras penas nomes genéricos, "vizinho", "apartamento", "tarde", tão pertinentes para evocar esse episódio quanto qualquer outro – não é essa a razão que o faz precisar ainda mais que sua mãe diga que sim, que esteve lá, que participe com ele da reconstrução da cena? Não se lembra de quase nada, para dizer a verdade; o pouco que resta vai-se apagando com o tempo, com sua própria distração, com as negativas sistemáticas de sua mãe. Cada vez que ela nega ter estado no episódio, sem falar de quando nega que o episódio possa ter ocorrido, ele sente que perde uma parte vital da cena, não uma parte das que já estão em seu poder, por sinal muito poucas, porém uma nova, ainda imprecisa, contudo promissora, que talvez lhe permitisse deduzir todas as que faltam, mas que o mutismo de sua mãe, infalível, devolve de imediato às penumbras das quais ele estava começando a sair. A rigor, a única coisa de que ele se lembra bem é a última, o que acontece numa fração de segundo antes de adormecer nos braços do vizinho. Em voz bem baixa, mas no ouvido, do qual, por ter seu corpo recostado sobre as pernas, goza de uma perspectiva ideal, o vizinho começou a cantar, resolveu niná-lo com uma canção infantil, e enquanto canta segura suas mãos geladas para friccioná-las, sem pensar, naturalmente, que nas pontas dos dedos encontraria aquelas risquinhas verticais vermelhas que não lhe passam despercebidas, que examina de perto e toca levemente com as pontas dos seus, como se só o mesmo pudesse reconhecer e curar o mesmo, até que ele, sobressaltando-se, retira os dedos envergonhado, com o último alento que lhe resta, antes de sucumbir à canção e cair no sono.

Em 11 de setembro de 1973, visitando a casa de um amigo dois anos mais velho, uma dessas amizades desiguais que foram e serão sua especialidade e nas quais ele é sempre o menor, sai do quarto de seu amigo para buscar uma porção do bolo marmorizado que adora e ao voltar, com quatro fatias oficiais no prato e duas clandestinas no estômago, surpreende-o sentado na beira da cama, chorando desconsolado diante da tela do televisor preto-e-branco onde o Palacio de la Moneda de Santiago solta fumaça por todas as janelas, quatro vezes bombardeado, ao longo do dia, por esquadrilhas de aviões e helicópteros da Força Aérea, enquanto a voz compungida de um locutor de noticiário repete o rumor segundo o qual Allende – o ainda presidente Salvador Allende, como é chamado, sabe-se lá se por simpatia, por escrúpulo jurídico, no sentido de que Allende não deixará de ser presidente do Chile quando o palácio que era sede de seu poder for reduzido a cinzas pelo fogo militar, mas só quando houver outro que ocupe seu lugar, ou simplesmente por desconfiança, por um receio profissional relativo aos rumores que a insistência com que o locutor os difunde não faz senão contradizer – teria se suicidado, depois de resistir no interior do palácio com seus colaboradores mais próximos, disparando na própria boca com o fuzil AK-47 que um dia ganhou de presente de Fidel Castro. Ele o vê chorar, e antes que possa entender com todas as letras por que chora, antes de conectar tudo o que sabe das convicções políticas de seu amigo, muito parecidas com as suas, mas, segundo a impressão que sempre o torturou, muito mais convincentes, tanto que desde que o conhece e se familiariza com sua posição política, como ambos designam isso que na época é obrigatório ter, que ninguém pode se dar ao luxo de não ter, sempre se sentiu, de certo modo, um impostor, o duplo pálido de seu amigo, o farsante que repete numa linguagem frouxa, infestada de reflexos automáticos e fórmulas de segunda mão, tudo o que dos lábios de seu amigo parece brotar na língua natural da verdade – antes de conectar tudo o que sabe de seu amigo com as imagens que vê, que evidenciam o quanto suas convicções políticas acabam de sofrer um golpe mortal, sente uma onda de inveja que literalmente lhe corta o fôlego. Ele também gostaria de chorar. Daria tudo o que tem para chorar, mas não consegue. Ali, de pé no quarto de seu amigo, enquanto convoca às pressas as tragédias, todas virtuais, nas quais confia para receber a bênção de uma angústia instantânea, percebe que não irá chorar. Não sabe se são as imagens, que por algum motivo não lhe chegam tanto ou tão profundamente ou tão nítidas como chegam a seu amigo, ou se são os anos a menos que tem, que, do mesmo modo que lhe dão prestígio – posto que o consagram como exemplo de uma tradição de precocidade política, a comunista, que já conta com uma longa lista de exemplos notáveis, ou seja: alguém que aos treze lê e compreende e até faz objeções fundamentadas a certos clássicos da literatura política do século XX que deixariam os militantes mais experientes num beco sem saída –, também de algum modo o enfraquecem, diminuem sua capacidade física ou emocional de experimentar a política que em seu amigo, aos quinze, já está completa. Ou será que, na verdade, a presença e a dor de seu amigo, sentado diante da TV, com a cara, como bom míope, quase colada à tela, absorvem de tal modo o significado e a força da informação que o aparelho irradia que para ele já não resta nada, nem restos, nem uma migalha do tamanho das que ele mesmo acaba de deixar na cozinha ao devorar as duas fatias de bolo marmorizado, nada que possa afetá-lo e traduzir nele tudo o que entende – porque ele entende tudo e muito melhor, sem dúvida, do que seu amigo, a quem nessa mesma manhã, para não ir muito longe, explica com três ou quatro pinceladas de impertinente lucidez a cadeia de causas e efeitos que liga uma vulgar greve de caminhoneiros à derrocada dos mil dias da primeira experiência de socialismo democrático da América Latina – para o idioma último ou primeiro dos sentimentos? [...] Inveja o pranto, naturalmente, o incontido do pranto e todo o circo ao seu redor, os lacrimais vermelho-sangue, as erupções de rubor, os acessos de soluços que sacodem seu amigo, a raiva desconsolada com que esfrega as mãos, o modo como de quando em quando cobre o rosto para sufocar, talvez para estimular, uma nova rajada de lágrimas. Porém, mais do que tudo, ele inveja a proximidade que seu amigo tem das imagens que o fazem chorar – tanto que se diria que toca a tela com a ponta do nariz, a fachada em chamas do Palacio de la Moneda, com a fronte, as colunas de fumaça que brotam das janelas, com seus lábios inflamados, a tal ponto que ele, que o contempla de pé, com o prato de bolo marmorizado na mão, começa a se perguntar se uma lágrima, uma só das milhares que seu amigo, contando dinheiro diante dos pobres, como se diz, não pára de verter, não poderia eletrocutá-lo caso entrasse em contato com a tela da TV.

Não o suporta. Por que não está perto desse jeito, ele? O que o separa disso que entende tão bem? De que ele entende melhor que ninguém? Tem a impressão de que o mundo nunca foi tão injusto: só ele tem o direito de chorar, mas seus olhos estão de tal maneira secos que poderia esfregar um fósforo neles e acendê-lo. E é esse mesmo direito que sente que lhe negam, a ele, que tem mais condições do que ninguém para merecer isso, ele que vê e reconhece e ainda por cima se vê obrigado a contemplar, enquanto segura o prato de bolo marmorizado, no outro, em seu amigo, feito uma lágrima, como uma condecoração mal atribuída, a mesma espécie de privilégio descarado pelo qual suspeita que os camponeses da Idade Média, quando fartos, ou seja, a cada morte de bispo, amotinam-se e degolam em algumas horas de frenesi a família de nobres cujos pés estão acostumados a beijar todos os dias. Em 11 de setembro de 1973, 24 horas antes mesmo de que ele e seu amigo, que com o Palacio de la Moneda em chamas resolvem se instalar diante da TV e, como o próprio Allende lá, na tela, em La Moneda, resistir, não se mover da posição até obter algum dado fidedigno sobre a sorte que coube a Allende, a seus colaboradores próximos e à via chilena do socialismo em geral, assistam ao momento indelével em que duas filas de bombeiros tiram pela Morandé 80, uma das portas laterais do palácio em ruínas, o corpo sem vida de Allende coberto por um *chamanto*, como ele e seu amigo ficam então sabendo que se chama no Chile essa manta, e seu amigo volte a cair no choro e ele, por sua vez, nada, nem uma gota, não só não solte uma mísera lágrima, como tampouco consiga fechar os olhos – nesse dia fatídico, pois, amaldiçoa o dia também fatídico, sete anos atrás, em que decide não ceder mais, não dar esse gostinho a seu pai, deixar de chorar para sempre.

O clube, outra vez. Alguma coisa aconteceu com ele. Não alguma coisa "real", alguma coisa "do mundo", mas um desses nós súbitos e apavorantes que vez por outra se formam em seu peito, soltam sua carga de tinta tóxica e começam a querer aspirar tudo, sangue, oxigênio, órgãos, coração, coração principalmente, como um sorvedouro voraz que, se algo milagroso, algo que nunca chega a saber o que é, não o detivesse de repente, iria sugá-lo por inteiro, deixando em seu lugar, na superfície do mundo, uma pequena protuberância em forma de botão, de botão de colchoaria. [...] Tem a impressão de que se ficar quieto tudo tenderá a se agravar, de que o lugar em que a coisa o assaltou, a confeitaria do clube, que desde sempre chamou, seguindo o costume dos sócios mais antigos, de um pedantismo encantador, de *buffet*, irá tornar-se denso, irrespirável, e o sufocará. Empreende a fuga, mais uma vez, como sempre, rumo ao vestiário, e é ali, apertando o passo pela longa calçada em tabuleiro que margeia a quadra número um, onde o surpreende seu pai, copo na mão, toalha pendurada no ombro, caminhando na direção contrária e conversando com seu companheiro de duplas. Ele baixa os olhos no ato, tenta se encolher, cola o corpo contra a trepadeira que cobre a parede do vestiário feminino. Cruzam-se. É o companheiro de duplas, não seu pai, que ao passar a seu lado lhe acaricia com distraído afeto a cabeça. Ele segue seu caminho feliz, tão feliz com o sucesso de seu sigilo, de não ter sido visto por seu pai, que até parece mentira, e o horizonte que agora vê abrir-se diante dele é tão amplo e limpo, está tão cheio de promessas, que o buraco negro que lhe crescia no peito e o impelira a fugir perde força e se dissipa, mas nem bem dá dois passos arrogantes em sua nova vida, sua recente vida de indultado, ouve a voz de seu pai chamando.

Parar ou seguir em frente? Vacila um segundo – o suficiente para que seja tarde. Graças a essa fração ínfima de sua dúvida, seu pai sabe que foi ouvido, sabe que por alguma razão é ignorado, sabe que ali tem coisa, no filho que está prestes a tomar o rumo do vestiário, sempre colado à trepadeira, que resiste a ele, e o chama. E ele, o descoberto, que reconhece no tom de surpresa com que seu pai o chama a ofuscação daquele que entende que fez algo por outro que o outro deveria ter feito por ele, em vez de parar e se virar, como seu pai e o companheiro de duplas esperam que faça, retoma a marcha e ruma para o vestiário a passo normal, como faria se fosse tomar um banho ou buscar o tubo de bolas que esqueceu em seu armário. Não deu nem três passos, no entanto, e já sente seu pai atrás, já escuta sua voz que, agora alarmada, volta a chamá-lo. Não há vida nova, não há horizonte, não há indulto. Tudo falhou. Só resta fugir, e se quiser fugir não lhe resta outro remédio senão se apressar. Passa a toda velocidade junto da janela minúscula, praticamente mascarada pela trepadeira, que no inverno, quando são cinco da tarde e já é noite, sempre usa para espiar as mulheres que tomam banho e que sempre o decepciona, tanto o vapor das duchas a embaça, e entra a toda no vestiário. Atrás, bem perto, irrompe seu pai, ofegante, chamando-o aos gritos. Ele galga os degraus, desvia do banco que alguém deixou atravessado feito um obstáculo, fecha com um golpe de ombro a porta de um armário aberto e se detém, inquieto, num canto dos fundos do vestiário. Não há para onde ir. Vira-se, vê seu pai se aproximar sem fôlego, desconcertado. "O que houve?", diz, "por que está fugindo assim?" Ele senta no chão – seu corpo cabe no espaço entre duas pontas de bancos que deveriam tocar-se – e encosta a testa nos joelhos. "Aconteceu alguma coisa?", diz seu pai, e ele ouve essa voz que se abranda e cobre os olhos com as mãos. Mantém os dedos muito juntos e rígidos, como faz quando vê filmes de terror no cinema. Blecaute total. "Fale comigo, por favor", suplica seu pai. "Nós sempre conversamos", diz. Há um silêncio. Ele ouve ao longe o motor de um cortador de grama. De repente sente o hálito de seu pai aquecendo seus joelhos. "Não quer conversar comigo?" Entreabre levemente os dedos, o suficiente para ver sem que o vejam; divisa um mundo muito preto, animado por chispas frouxas, que clareia rápido e se põe em foco: seu pai espera, de cócoras. Tem os olhos úmidos de um cão velho. Quando ele sente que o nó reaparece, agora para tomá-lo, volta a juntar os dedos e fica cego. Ouve: "Tudo bem, me conte. Chore comigo". E sem ver, em disparada, pula para a frente, investe contra seu pai, que cai de costas, e foge.

Para onde, em que direção, é isso que se pergunta nessa tarde negra na casa de seu amigo, enquanto o Palacio de la Moneda arde três vezes, uma em Santiago, outra na tela da TV, a terceira em seu coração comunista, precoce, mas desidratado, e ele daria o que não tem para chorar, para fazer com que aflore a seus olhos uma, uma única, ao menos, de todas as lágrimas que nega a seu pai no vestiário do clube e que em 11 de setembro de 1973 inundam os olhos de seu amigo. O certo é que 48 horas mais tarde ele se levanta cedo, mais cedo que de costume, veste-se, passa pelo banheiro como um raio, pula o café da manhã, pega um táxi com o dinheiro que vem economizando para comprar a nova edição anotada dos *Grundisse* de Marx e desce a meia quadra do colégio, perto da entrada da fábrica da Fiat, na clareira milagrosa que reserva, certamente em troca de uma soma de dinheiro, o *pool* de corporações francesas que também financiam o colégio, onde um exército de motoristas ameaçadores estaciona os Lancia, os Volvo, os Alfa Romeo nos quais transitam os alunos mais ricos, e permanece ali postado, escrutando com impaciência o fundo da rua, e mal vê encostar no meio-fio o carro em que está sua namorada, a namorada chilena com quem namora há cinco meses – um lapso que não tem como não causar espanto em seus amigos, que se tiveram namorada foi com toda a fúria apenas por um fim de semana, tempo suficiente, em todo caso, para deflorá-las no quarto de ferramentas do jardim e abandoná-las ou para entender que não seriam eles os eleitos para deflorá-las, e também nas ex-namoradas de seus amigos, que não deixam de se perguntar como consegue, como o mantém amarrado –, desce então para a rua de um salto e abre a porta antes que o carro possa parar, menos diligente que expeditivo, como quem teme que o chofer, por alguma estranha razão, possa mudar de idéia no último instante, ele, que só faz obedecer ordens, e leve de volta a passageira loira que cabeceia no assento traseiro ao apartamento luxuoso onde a apanhou, em cuja sacada, agora, flamejam novamente há 48 horas as mesmas cores chilenas que pendem do espelho retrovisor do carro, e nem bem sua namorada apóia no pavimento uma de suas adoráveis botinhas de camurça que ele a animou a comprar e olha para ele, ainda sonolenta pela hora, mas feliz, agradecendo-lhe com um de seus sorrisos de boneca carnuda a galanteria das boas-vindas, ele lhe diz que está tudo acabado, que deixou de amá-la, que terminaram e nunca mais voltarão a se falar.

Durante uma semana, enquanto os militares golpistas limpam as ruas do Chile de todo surto de oposição, adaptam os estádios em prisões e impõem que se serrem as mãos, a modo de escarmento, de cantores populares, ele quase não faz outra coisa senão ver sua ex-namorada chorar. Não é algo que queira fazer. Mas não tem remédio: se os cinco meses de seu namoro foram o grande acontecimento sentimental do primeiro ano do colégio secundário – cinco meses brancos, por outro lado, como é de se esperar de uma garota chilena de família católica de direita e de um argentino fruto de um casal de hesitantes pioneiros do divórcio, trêmulo e paciente, para quem o desejo, ademais, já começa a ser não um impulso, mas a fase terminal, menos procurada que inevitável, de um processo de saturação que por ele poderia durar meses, anos, séculos –, a ruptura, e principalmente o modo brutal com que ele decidiu consumá-la, quando nada na relação nem nele mesmo, até então de conduta irrepreensível, a fizera prever, não podem não cair como uma bomba e ocupar o centro da cena. Ele a vê chorar no recreio debaixo da escada, de cócoras, cercada por um cordão de amigas que amplificam sua condição humilhada num rosário de gestos grandiloqüentes; no laboratório de ciências naturais, vertendo lágrimas no saco ventral do sapo que algum companheiro piedoso aceitou estripar em seu lugar; no refeitório, diante de um prato de suflê de batatas que esfria; no meio de uma aula de ginástica, onde, ofuscada por um acesso de choro que a surpreende quando começa a correr, acaba tropeçando na barra que deveria ter saltado; ao sair do colégio, cabisbaixa, enquanto caminha para o carro arrastando pelo chão o couro caríssimo da mala, vazia como seu coração. Ele a vê chorar mesmo quando não a vê, quando ela falta à aula sem aviso e alguém, uma ou um dos que antes martirizavam com alfinetes secretos a foto desse romance descaradamente longevo, diz a ele que dizem que ela já não come nem dorme, que de tanto fungar e assoar está com as asas do nariz vermelhas, ásperas como a língua de um gato, e que seus pais, pensando em matar dois coelhos de uma só cajadada, já especulam sobre um retorno a Santiago, onde o Palacio de la Moneda deixou de fumegar e uma hiena de uniforme, bigode e óculos fumê manda fuzilar pessoas, sentada na mesma poltrona de onde ejetaram Allende.

Depois, de repente, durante um tempo, não tem notícias. "Não tem notícias" quer dizer que ela volta ao colégio, que ele a vê, que se cruzam outra vez no pátio, na cantina, no laboratório, na quadra de esportes, mas que já não existem nela rastros do calvário que dois ou três dias atrás, segundo as notícias que mensageiros talvez não totalmente confiáveis levavam ao colégio, vindos do apartamento luxuoso onde flameja a bandeira chilena, confinava-a a uma espécie de coma amoroso e obrigava a embarcá-la entubada rumo a Santiago num *charter* abarrotado de fascistas sequiosos de revanche. [...] Uma tarde, ele faz fila diante da cantina e, enquanto procura na miscelânea de clipes, botões, tampas de esferográficas e tíquetes de metrô que tem na palma da mão a moeda traiçoeira que lhe prometera um *alfajor* e agora lhe nega, demorada no fundo falso de algum bolso descosturado, sente que alguém esbarra nele por trás – a típica avalanche da fome vespertina – e se vira num surto de ira, disposto a tudo, e depara com seu rosto branco, impecável, levemente sombreado de rosa, como que remoçado por uma chuva benfazeja, e seus olhos claros e sorridentes fitando-o de cima, desses oito centímetros que tem a mais que ele e que ele sempre aceitou como uma justa permuta, uma compensação pelos seus dois anos a mais. Ela aponta para a turba que forceja a suas costas na fila e se desculpa, irresistível como no dia em que a viu pela primeira vez, "bela", pensa ele, "como a manhã de sol depois de uma noite de tempestade", e depois o cumprimenta com uma magnanimidade de deusa ou de morta, e as moedas dele caem, todas as moedas, incluída a que dele esteve se esquivando, que acaba de encontrar e que agora tilinta contra o chão e rola e desaparece sob os quinhentos quilos de chapa da barraquinha da cantina. "Não tem notícias" quer dizer que por um tempo tudo continua assim, nesse estranho equilíbrio de mundos paralelos invertidos – ela restaurada, mas decorosa, orgulhosa de sua ressurreição, mas incapaz de esbaldar-se nela, ele perplexo, cada vez mais afundado no lamaçal de seu triunfo – que parece ter impacto apenas sobre ele, porque, toda vez que o submete à consideração de algum terceiro, a única resposta que obtém são ombros que se encolhem, assentimentos protocolares, caretas desinteressadas, assim até que um de seus melhores amigos, um desses safados que acumulam prestígio à força de levar advertências e de ficarem de recuperação, embosca-o numa manhã de chuva no recreio das 10h25 e tremendo, com as olheiras de um heroinômano terminal e os dedos tingidos de nicotina, conta-lhe, praticamente lhe vomita em cima, que está saindo com ela há duas semanas e que desde então sua vida, pendente durante as 24 horas do dia das atenções, das graças ou tão-somente dos olhares que ela, fria como uma pedra de gelo, só lhe concede esporadicamente, quando se cansa e consente em distraí-los dos mil brilhos que os mantêm cativos, o grêmio inteiro de rapazes do planeta em primeiro plano, é um pesadelo inominável, e agarrando as lapelas surradas de seu blazer suplica-lhe pelo amor de Deus, com aquele mau hálito característico dos que se encontram tão ensimesmados no sofrimento que se esquecem de comer, pelo amor de Deus que lhe diga como, como diabos ele, que esteve com ela durante a eternidade de cinco meses, como ele fez para não sofrer e como fez, pelo amor de Deus, para deixá-la. De modo que agora quem chora não é ela, mas ele, seu amigo, que não tem a menor experiência no assunto e a quem logo começa a ver todo dia no pátio, nos corredores, na cantina, não caminhando e, sim, arrastando os pés, encurvado como um ponto de interrogação, a cara afundada num lenço que depois de algumas semanas nem sequer deve se incomodar em tirar do bolso ou em guardar e que já não troca, a tal ponto, à força de usá-lo para enxugar os olhos, assoar o nariz ou simplesmente ocultar sua figura patética do escárnio dos outros, parece uma extensão viscosa de seu corpo.

É o segundo grande acontecimento político de sua vida. Agora não é ele quem chora: é quem faz chorar. Primeiro, sua namorada chilena que, graças ao estranho vai-e-vem do pranto, parece que passou de mosca morta a *vamp*, a mulher literalmente fatal; depois, porque, embora indireta, a causalidade salta à vista, um de seus melhores amigos, o único que até então jamais sofreu por amor, que duas ou três semanas mais tarde, fantasma, sombra triste do candidato a delinqüente que se gabou de ser desde que o conhece, persegue-o de sol a sol para perguntar-lhe não mais como fez para não sofrer com a chilena, não mais como fez para deixá-la, mas por quê, por quê, ao deixá-la, condenou-o a essa espécie de insolação de dor que parece não ter fim nem consolo e que o está deixando louco; e muitos anos depois, quando o episódio Allende já ocupa seu lugar no nicho, exíguo, mas influente, destinado às tragédias históricas das quais sempre se lembra de tudo com exatidão, em particular datas, nomes, seqüência de fatos, cifras, tudo o que sistematicamente esquece das tragédias pessoais, e o incidente da namorada chilena, eclipsado pela envergadura da tragédia histórica, evaporou-se como num passe de mágica anos depois, quando o próprio pranto já não parece ser um problema para ele, faz chorar também a mulher que conhece num verão numa cidade estrangeira, para cujo apartamento se muda assim que se acabam os dias de hotel pagos por seus anfitriões e pela qual se apaixona quase sem perceber, como num sonho, com a mesma rapidez irremediável com que se torna evidente para ele o quanto tudo é e será impossível entre eles. É dia e estão na cama, nus. Agoniado por um calor que o sufoca em dobro, porque nas poucas vezes em que esteve nessa cidade sempre era inverno, ele pergunta se há algo para beber. Ela libera uma perna de entre os lençóis e planta um pé no chão, e quando toma impulso para se levantar e a tensão lhe desenha o longo parêntese do músculo gêmeo na panturrilha, ele, debruçado na beira da cama, o queixo apoiado sobre o pedestal de seus dois punhos cerrados, contempla-a como se estivesse num mirante e comove-se novamente pelo modo com que essa perna deixa para trás o ângulo escarpado do joelho e se adelgaça e se infantiliza e parece protestar em vão pelo peso que a obrigam a carregar, que ela associa, conforme já lhe disse, a uma propensão da linhagem familiar feminina ao raquitismo, ou seja, em suas próprias palavras, "à pata de um quero-quero", e ele, por sua vez, ao laçarote imenso, de um anacronismo prodigioso, cujas pontas sobressaem dos lados da cabeça na foto de infância que ela acaba lhe dando de presente e que ele perde mais tarde numa mudança, e de repente se detém numa zona que brilha, uma clareira onde a pele se alisa numa superfície bem polida, sem poros, nem pêlos, nem acidentes, parecida com um remendo de papel, mais escura que a pele ou mais reluzente, conforme a luz nela incida ou a ignore, e estende a mão e a roça com os dedos em silêncio, e ela balbucia, embora não tenha pretendido falar, e cai no choro. *Vamos, contame, decime.* Será o modo como a roçam seus dedos, os mesmos que durante anos lustram os azulejos das piscinas de Embrujo, de Pretty Polly, de Sunset? Será a cicatriz, que conserva em quatro centímetros quadrados de membrana morta, intacta, a dor que ela acredita ter-se acostumado a esquecer? Será ela, uma ex-*erpia* – segundo o nome que ela mesma não demora a lhe contar, rindo, que os carcereiros davam aos membros do Exército Revolucionário do Povo –, que não só sobreviveu ao pior como faz um uso de seu corpo que as mulheres mais despreocupadas e saudáveis da terra invejariam, mas que ao mesmo tempo vive escrava dessa cicatriz, atormentada por um pedaço de pele cega que deveria isolá-la do mundo e, no entanto, em contato com outro corpo, não faz senão esfolá-la, abri-la ao meio? Faz com que ela chore, faz chorar a *erpia*, como ela lhe confessa que mais cedo ou mais tarde todos acabam se chamando a si mesmos, ela e os *erpios* como ela, que compartilham o cárcere cordobês de onde alguns, ela, por exemplo, deportados, terão a sorte ou os meios de sair, e no qual a maioria envelhecerá, toca sua cicatriz e a faz chorar, e é tal o transe em que o afunda a comunhão do pranto, que pouco lhe importa, durante os cinco dias que vive, come, bebe, dança, tira fotos nas cabines automáticas do metrô e dorme com ela, não poder penetrá-la, nunca poder acabar dentro dela, não poder gozar nem ouvi-la gozar. Pensa: "Não cabe a mim entrar; cabe a mim estar por perto". Pensa: "Fazer-se alguém com a dor é tornar-se indestrutível".

[...] Uma tarde sua mãe precisa sair, a senhora que trabalha na casa como diarista não veio, impossível contar com o porteiro – odeia sua mãe, odeia seus ares, seus modos, a cúspide inalcançável da qual parece contemplar um bairro pelo qual, a não ser por necessidade, nem sequer aceitaria caminhar – e seus avós desperdiçam num silencioso intercâmbio de hostilidades uma preciosa semana de férias no Hotel Sierras de Alta Gracia, Córdoba, a menos de duas horas e vinte anos de onde a *erpia* acaba se tornando *erpia* e o cabo da polícia que por acaso obtém a informação que dá lugar à batida que a leva presa comemora uma promoção que não esperava deixando-lhe a perna marcada para sempre. Sem esperanças, porque são três horas da tarde e é quase impossível imaginar um militar em casa às três da tarde num dia de semana, sua mãe toca a campainha do apartamento do vizinho e espera. Ele a seguiu até o corredor em seu triciclo e espera em atitude de alerta, o pé direito apoiado no pedal levantado e as duas mãos no guidão, como quem está disposto a fugir ou a investir contra qualquer coisa que se interponha em sua fuga. Sua mãe está para se render quando ouve uma chave escarafunchando a fechadura e a porta se abre brevemente, o máximo que permite a corrente do trinco. É ele? É o vizinho? De sua posição, perto da porta de sua casa, ele não chega a distingui-lo, mas fareja a nuvem de perfume gelado que brota pela porta entreaberta e se apodera do ar do corredor e já começa a crepitar-lhe na boca, e a toma como uma prova cabal, muito mais inequívoca que a imagem de seu rosto ou sua voz. Empenhando-se em explicar a situação, sua mãe se enreda em frases ansiosas, que atingem ápices prematuros, sempre a meio caminho, e depois desfalecem. Pedindo outra vez? Mais uma dívida? Com o que pensa pagá-la? Ele abaixa os pés, levanta-se, ergue um pouco o triciclo e, mantendo-o suspenso dez centímetros sobre o chão, avança um metro e meio com passos decididos. "É só um instante, nada mais", diz sua mãe, abrindo os braços em sinal de impotência, e se vira e o fita com uma expectativa peremptória, como quem espera que ele faça bico, ou tussa como um tísico, ou exiba uma destreza irresistível, algo, em todo caso, que seja um pouco mais comovente para o vizinho do que o bigode de Nescau, as crostas avermelhadas que os escorregões costumam deixar em seus joelhos, o relógio que a duras penas lê e que dança em seu pulso direito, os sapatos ortopédicos.

Não poderia dizer como, porque sua mãe continua se debatendo entre a vergonha e a urgência, e o vizinho, se é que está ali, se é que não instalou no apartamento, como lhe passa pela cabeça num arroubo de perspicácia demente, alguma máquina de fabricar esse imundo perfume de menta ou cedro ou sândalo que faz as vezes dele e se ativa sozinha, quando algum forasteiro toca a campainha, nunca diz nada nem se digna a mostrar-se durante os cinco ou seis minutos que dura a negociação, mas chegam a um acordo e um pouco depois, tão logo sua mãe, às 3h10 da tarde, já terminou de se vestir e de se maquiar como para uma festa de gala noturna e ele, fechado em seu quarto, já reuniu na bolsa da Pan Am com a qual seu pai acaba de pagar alguma recente impontualidade uma provisão de histórias em quadrinhos, carros em miniatura, blocos de desenho, *crayons*, soldados e bolachas doces suficientes para passar um verão inteiro numa ilha deserta, saem outra vez para o corredor, onde sua mãe tranca a porta à chave, chama o elevador e enquanto o espera dá um empurrãozinho em seu ombro, um gesto que é metade um estímulo, metade um consolo, conforme sua interpretação, se é que isso que em sua idade ele faz com os signos que o mundo emite pode ser chamado de interpretar, e com a inércia desse impulso original, porque jamais pedala no trajeto, ele chega de triciclo ao apartamento vizinho, a bolsinha da Pan Am pendurada no guidão, e atropela suavemente a porta com a roda dianteira. [...] Espera com as mãos no guidão, os olhos fixos na ranhura circunflexa da fechadura. Após alguns segundos, empurrando-se com os pés, volta a investir na porta com a roda do triciclo. Assim que a luz do corredor se apaga com um estalido e o deixa na escuridão mais absoluta, ele se vira e descobre que está sozinho, que se sua mãe está e vive em algum canto, é naquele lugar impiedoso, ao mesmo tempo próximo e inacessível, onde não pode vê-la, mas do qual lhe chega, no entanto, o eco pontual e como que amplificado de tudo o que faz, tudo o que a afasta cada vez mais dele, fechar as duas portas gradeadas do elevador, cruzar a toda velocidade o *hall* do edifício, abrir e, com o olhar lançado para a rua para capturar o primeiro táxi que passar, deixar que a porta da rua se bata com estrondo. É tal sua surpresa ao comprovar que está sozinho na escuridão, tal o desconcerto que lhe causa o fato de não ter registrado, enquanto se produziam, os sucessivos sinais do desaparecimento de sua mãe, que de repente, enquanto olha para o elevador, agora subsumido nas trevas do corredor, tem a impressão de vê-la novamente, ao mesmo tempo no passado imediato e no presente, recortada contra o fundo luminoso do elevador que acaba de chegar, despedindo-se dele com a mão que varre algo invisível no ar com o dorso dos dedos. Vê o que não viu, o que aconteceu às suas costas, o que talvez nunca tenha acontecido, e lança outra vez a roda do triciclo contra a porta do vizinho.

O que ele guarda dessa primeira vez é o pouco que falam. Porque por fim o vizinho abre a porta e ele entra com o triciclo, agora pedalando, e estaciona um centímetro antes que a roda morda a borda de um tapete desfranjado, no meio de uma sala pequena, quase tão escura quanto o corredor, abarrotada de móveis velhos que cabeceiam como pessoas sonolentas numa sala de espera. As persianas estão baixas e as cortinas fechadas; um televisor emite um resplendor mudo e pestanejante num canto da sala, confrontado com uma poltrona, onde num dos braços pensa ver uma espécie de cinzeiro negro em formato de *ele*. Fica olhando as formas que se movem no cubo de luz acinzentada – gente que empurra um carro com um caixão no meio de um oceano de gente que caminha bem devagar e chora – até que sente o vizinho passar por trás dele – a esteira de perfume estapeia suavemente suas costas –, avançar por um corredor lateral e empurrar uma porta que range. Ele vira a cabeça. Pela porta que ficou entreaberta ele o vê de pé, de perfil, vê-o baixar as calças, sentar-se na privada e mijar demoradamente, com os cotovelos nas coxas e o rosto afundado entre as mãos, como se chorasse. Mas mesmo se chorasse e se chorasse assim, sentado, sem se mover e sem parar durante dias e dias, jamais choraria o que chora a multidão que acompanha o automóvel e o caixão que esse cortejo de meia dúzia de homens empurra sob a chuva na tela da TV. Desce do triciclo, e enquanto reconhece pela primeira vez o parentesco que liga o movimento que acaba de fazer ao que viu os vaqueiros do oeste fazendo ao desmontarem de seus cavalos, e ao qual a partir de agora se dedica com plena consciência, aproveitando toda ocasião para ensaiá-lo e levá-lo à perfeição, até que alguém, sem dúvida um adulto, vendo-o descer um dia do triciclo, aconselhe, com a melhor das intenções, provavelmente tentando ser simpático, que o amarre numa estaca se quiser evitar que ele fuja e decide então que as coisas voltem a seus lugares, o triciclo ao lugar do triciclo e os cavalos ao dos cavalos, de onde jamais deveriam ter saído, e partir para outra, cruza o tapete fazendo o piso ranger e vai até a TV para aumentar o volume. Mas o vizinho, que voltou, diz a ele que não, que não toque no aparelho, e depois de se esquivar com uma pernada do triciclo atravessado no meio da sala se joga na poltrona. Isso é tudo o que diz durante quanto? uma hora e meia?, duas, três horas?, um intervalo que, em todo caso, excede facilmente o que daria a entender o "instante" prometido por sua mãe. De qualquer modo, para ele é suficiente notar o quanto o timbre da voz do vizinho, que até então sempre lhe passara despercebido, talvez velado pelo efeito de autoridade de signos mais evidentes como o uniforme, ou, antes, a camisa verde-oliva, que, pensando bem, é a única peça do uniforme que o vê usando e que usa sempre aberta sobre uma regata branca, ou o bigode, ou o cabelo cortado à escovinha, soa fraco demais para a ordem que acaba de dar, e assim que o vê afundar na poltrona, entregar seu corpo subitamente apequenado a essa cavidade agigantada pela penumbra, pensa que talvez haja alguma relação entre isso que o surpreende na voz e a agilidade de animal invertebrado com que acaba de sentar-se. Algo – mas o quê? Pois não é essa tendência ao laconismo, freqüentemente próxima da introversão ou mesmo da hostilidade, o que lhe chama a atenção cada vez que ele tem de passar "um instante" com o vizinho militar, geralmente de tarde, o momento do dia mais propício, ao que parece, para que sua mãe programe as emergências elegantes que não demoram a solicitá-la com uma freqüência cada vez maior e das quais a vê voltar desfigurada, envolta num silêncio rude, com a tinta do delineador levemente borrada, sem forças sequer para descascar a maçã que leva para a cama, única coisa que comerá essa noite. Nunca associou os uniformes com o gosto pelas palavras. [...] Mas sempre que a porta do vizinho se abre e ele entra com o triciclo feito um aríete, erguido com certa solenidade, como se acedesse ao interior de uma fortaleza que tivesse passado anos contemplando de fora, espanta-o que o corpo do vizinho lhe pareça menor do que era em sua lembrança, mais miúdo e principalmente mais vivaz, mais maleável, e também que tudo o que acontece nesses "instantes", que na verdade é pouco e consiste basicamente em que o vizinho militar continue o que estava fazendo quando o surpreende o impacto surdo da roda de borracha do triciclo contra sua porta – fumar, ver televisão, falar ao telefone, passar o uniforme, escrever cartas para a família, estudar mapas, limpar a arma registrada que ele da primeira vez achou que era um cinzeiro, ficar dormindo na poltrona, enquanto ele se limita a olhá-lo agir em silêncio, a certa distância, como se lhe coubesse aprender algo –, tenha a mesma qualidade de estranheza que o espaço onde essas insignificâncias acontecem. Porque o apartamento do vizinho é idêntico em tamanho e disposição ao apartamento em que ele vive, mas se não cessa de desconcertá-lo é porque tudo o que ele vê ali repetido está ao contrário, disposto em sentido inverso, de modo que lá está à esquerda e aqui está à direita, o que lá é pura luz aqui é penumbra, o que lá é circulação aqui é parede, o que lá é piso de madeira aqui é lajota, e vice-versa, e cada vez que ele, dando por certo que os dois apartamentos são iguais, baixa a guarda e pretende se mover às cegas, deixando-se guiar pela experiência que tem de seu próprio espaço, o apartamento do vizinho o embosca sem clemência, defrontando-lhe uma porta onde esperava que não houvesse nada, ou o ar, a vertigem do ar, onde tenteava confiante em busca de um trinco.

A penumbra. Também isso, se pensar um pouco – a penumbra, que de recortar a traços bem largos os contornos das coisas passa, no decorrer da tarde, a esfumá-los, perdendo-os na confusão que cedo ou tarde invade tudo. Mais de uma vez, intrigado com o rosto ou a casa ou a paisagem que ele parece notar, à distância, emoldurada ou pendurada numa parede, espera que o vizinho retome suas tarefas e nem bem o vê outra vez com suas coisas, tão ensimesmado que poderia jurar que não está ali, diante dele, e que o corpo que ele vê leve e flexível e que pode intuir, se quiser, fechando os olhos, apenas aspirando a aura de fragrância silvestre que o envolve, é uma ilusão, uma réplica destinada a enganar e camuflar suas verdadeiras atividades, que sem dúvida leva a cabo em outra dimensão, longe de qualquer olhar inoportuno, desce do triciclo e segue em direção à parede para examinar a foto ou o quadro de perto, mas quando chega a luz mudou tanto que a figura, não importa o que represente, tornou-se indiscernível. Porque pensa bem ou porque quer se consolar, acaba deduzindo que nada de tudo o que vê no apartamento – se é que ver é a palavra certa para nomear a ação que dá lugar a essas imagens que com o passar do tempo, à medida que as visitas se multiplicam, parecem brotar mais de seu costume ou de sua imaginação que do contato entre seus sentidos e o mundo –, nem as velhas poltronas afundadas, nem os móveis estilosos da sala de jantar, com sua prole mista de cadeiras legítimas e cadeiras bastardas, nem o biombo que junta pó, dobrado atrás da TV, nem as cortinas sempre fechadas, nem o lustre de pingentes de cristal que pende torcido, nem os retratos eretos sobre o aparador "Bayut", nada, menos ainda os objetos que à primeira vista parecem mais pessoais, nada é, a rigor, do vizinho, nada foi escolhido por ele, nada comprado ou entesourado ou eventualmente feito pelo homem que se deixa cair no fundo da poltrona, cruza as pernas quase sem separá-las, esfregando as coxas uma na outra, e só parece entreabrir os olhos quando traga e a brasa do cigarro ilumina seu rosto. E, no entanto, esse desconhecido de quem nunca chega a saber sequer o nome e que, como um intruso em sua própria casa, restringe seus movimentos a uma única área, cozinha, banheiro, sala, e a uma única série de objetos, telefone, tábua de passar, garrafa térmica, mapa, arma registrada, os únicos que, ao que tudo indica, são permitidos a ele, e em tal medida que todo o restante, o que permanece fora do campo autorizado, ele não só não usa como evita até mesmo tocar, como um soldado que atravessasse um campo semeado de minas – esse desconhecido é quem aceita asilá-lo, quem lhe dá lugar e lhe permite deixar marcas num lugar que ele mesmo por pouco não põe luvas para tocar, e quem a cada visita, tão rapidamente quanto lhe franqueia a entrada e ele, depois de avançar um metro e meio com o triciclo, pára e prepara as mãos virando as palmas para cima, sobre o guidão e o espera, toca as pontas de seus dedos como se medisse a grossura da pele, o grau de erosão que os sábados em Pretty Polly ou em New Olivos lhe infligiram, a distância que separa em seu corpo o exterior do interior, o limiar da dor.

Essa é a única coisa que tem para denunciar; em todo o caso, a única coisa verdadeira, a única que efetivamente aconteceu, se, no momento mais inesperado, ele resolve mandar o vizinho militar para o pelourinho e, amparado pela extravagância no mínimo suspeita dessas quantas, cinqüenta?, cem?, duzentas horas de intimidade passadas com um perfeito estranho?, improvisa uma acusação de abuso. Isso – e o que mais? A sopa que o vizinho toma numa caneca que segura com as duas mãos, quase tiritando, como se ensaiasse uma cena de intempérie, e que em sua ânsia de oferecer-lhe aproxima-a de sua boca, tocando-a com o rebordo da louça? O dia em que o vizinho decide costurar o forro da farda e o faz de assistente e pendura a fita métrica em seu pescoço e o ensina a segurar os alfinetes entre os lábios? A tarde em que o vizinho toma banho com a porta aberta e com uma voz cuja doçura volta a enfeitiçá-lo canta, velado pela cortina opaca do banheiro, "*Ora che sei gia una donna*", de Bobby Solo? Ou quando lhe pede que apanhe e se desfaça de todas as pequenas meias-luas de unhas que acaba de cortar no bidê com uma tesoura em miniatura, a mesma que sua mãe usa para cortar as dele e fazê-lo chorar, a mesma em cujas aberturas mais de uma vez seu avô, menos para cooperar do que para poupar-se da voz de sua filha se queixando do trabalho que lhe dá criar um filho sozinha, quis em vão meter seus dedos gigantes? Ou o sonho – o sonho que o vizinho sonha uma tarde em sua presença, ao vivo, afundado na poltrona, e que ao abrir as pálpebras, não ao acordar, porque quem, ouvindo a voz com que fala, que vem de qualquer lugar menos da vigília, pode dizer que ele acordou, começa a lhe contar?

"Passava-se no futuro. Éramos quatro, eu com uma peruca loira e três companheiros, todos de uniforme. Insígnias, quepes, calças, meias, a roupa toda nós tínhamos comprado numa alfaiataria militar. Íamos seqüestrar um famoso fuzilador do exército para julgá-lo. O plano era ir até sua casa para oferecer-lhe custódia e levá-lo conosco, e, se ele resistisse, matá-lo ali mesmo. Subíamos, era num oitavo andar, a mulher nos atendia e nos oferecia café enquanto esperávamos que o sujeito acabasse de tomar banho. No fim ele aparecia e tomava café conosco, enquanto lhe fazíamos a oferta da custódia. Pouco depois nos levantávamos, armas na mesa, e lhe dizíamos: 'Meu general, o senhor vem conosco'. Descíamos, entrávamos num carro, depois trocávamos o carro por uma caminhonete na qual havia outros dois companheiros disfarçados, um de padre, outro de policial, e depois mudávamos e pegávamos outra caminhonete, uma com capa de lona, e saíamos para o interior e chegávamos a uma área rural onde o julgávamos. Um companheiro tirava umas fotos dele, mas quando tentava retirar o rolo da câmara, ele rasgava e era preciso puxá-lo. Nós fazíamos as acusações e o sujeito quase não respondia. Não sabia o que dizer. Num dado momento pedia papel e lápis e escrevia algo. Nós o amarrávamos na cama. De madrugada lhe comunicávamos a sentença. Ele pedia que amarrássemos os cadarços de seus sapatos e se podia se barbear e um confessor. Queria saber como íamos fazer desaparecer seu cadáver e o que seria de sua família. Nós o levávamos ao porão, enfiávamos um lenço em sua boca, depois o colocávamos contra a parede e lhe atirávamos no peito. Dávamos dois tiros de misericórdia e o cobríamos com um cobertor. Dois faziam a vala para enterrá-lo, mas ninguém se animava a descobrir o cadáver."

Mas quem, quem ele vai denunciar, pois, se for o caso, nem sequer sabe seu nome. Quem, se a única coisa definitiva que acredita ter, o pouco que se atreve a dar por certo, é justamente o que mais "pés de barro" acaba tendo, o apartamento da Ortega y Gasset no qual ele vive, por exemplo, alugado sob um nome que afinal é falso, no qual um belo dia vira fumaça, levando apenas o que trazia ao chegar e deixando meses de serviços não pagos, ou a condição de militar, que ele pôs em dúvida desde o começo, desde que descem juntos no elevador e ele detecta a falha no uniforme, ou até mesmo o bigode, que na tarde do sonho, enquanto dorme e sonha em sua presença, solta-se e vai deslizando sobre a pele suave até encalhar sobre os lábios, rasura fraudulenta que estremece feito uma pena a cada ronco. Não, não o denuncia, e mesmo se a idéia lhe ocorre, escandalosa já em sua incongruência, mas ainda de uma estranha intensidade, ele não consegue: é tarde demais. Com o tempo, as estadias no apartamento do vizinho militar vão se dissolvendo sem remédio na nuvem escura, expansiva, sem contornos interiores, com a qual tende a se confundir na memória sua infância, toda sua infância, incluído, em primeiro lugar, tudo aquilo que, no momento mesmo em que o experimenta, ele se jura e perjura que vai recordar para sempre, o apartamento da Ortega y Gasset, o nome do porteiro, as pálpebras de sua mãe descansando sob uns discos de algodão cheios de creme, o polvo que procura presas com seus tentáculos no fundo da piscina de Embrujo, o relógio de bolso que seu pai usa, mas que evita cuidadosamente consultar em público, a roupa de Super-Homem que o escangalha, os estilhaçozinhos de vidro nas palmas das mãos [...] e a figura do vizinho militar treme, perde consistência, acaba se deixando ver, nas raríssimas ocasiões em que se deixa ver, como objeto de uma vaga misericórdia, encarnado, por exemplo, na figura de um desses solitários provincianos de uniforme que, recém-chegados à capital, sem família e quase sem conhecidos, atordoados por uma cidade monstruosa que não lhes entra na cabeça, esperam num banco de praça namoradas que já os abandonaram enquanto sonham com a redenção prometida pela carreira militar.

Aos quatorze anos está entregue a uma rapacidade marxista que não poupa ninguém: Fanon, Michael Löwy, Marta Harnecker, Armand Mattelart, a dupla Dorfman-Jofré, que lhe mostra a que ponto o Super-Homem, o homem de aço que ele sempre idolatrou, que ainda idolatra nessa espécie de vida segunda, ligeiramente defasada, que corre paralela à vida na qual queima as pestanas com o pensamento revolucionário latino-americano, é na verdade incompatível com essa vida e um de seus inimigos número um, inimigo disfarçado e, portanto, mil vezes mais perigoso que aqueles que aceitam que um uniforme os delate como tais – sem ir muito longe, porque a catástrofe ocorreu há apenas um ano e está fresca, os carniceiros que ateiam fogo ao Palacio de la Moneda de Santiago, que de sede do governo passa a tumba da via chilena ao socialismo. Aos quatorze é tão incapaz de dar o passo e entrar na ação política quanto de afastar os olhos de tudo aquilo que a celebra ao seu redor, imagens, textos, jornais, livros, testemunhos em primeira pessoa, narrações romanceadas, versão vibrante, cheia de sangue, pólvora e coragem, de tudo o que se desenrola com severidade pontificial nas páginas de Theotonio dos Santos, André Gunder Frank ou Ernest Mandel, e nada o deixa mais impaciente, nada o deixa mais expectante do que aguardar todas as primeiras terças-feiras do mês, quando sai a nova edição de sua revista favorita, *La causa peronista*, órgão oficial da guerrilha *montonera*, o momento de correr até a banca perto de sua casa e apanhar o exemplar que o jornaleiro se comprometeu a reservar para ele. Não tem namorada, a namorada chilena que depois se vinga martirizando até as lágrimas um de seus melhores amigos não teve substituta, mas, mesmo que tivesse, a iminência de um encontro amoroso sem dúvida não o agitaria tanto como o agita a véspera do lançamento de cada novo número de *La causa peronista* com suas tipografias erráticas, sua modesta bicromia, sua gráfica de pasquim, suas entrelinhas defeituosas, as únicas veleidades estéticas, aliás, que parecem tolerar o voluntarismo de seus informes sobre a situação, suas caracterizações da conjuntura, suas crônicas das lutas populares, seus comunicados, seus relatos de triunfos sindicais, invasões de fábricas, assaltos, suas fotos de heróis, de mártires, de carrascos. A cada primeira terça-feira do mês ele acorda de madrugada para ir ao colégio e já tem os dentes e a mandíbula doloridos, enrijecidos pela dor dos que, impacientes, dormiram rangendo os dentes a noite inteira. Veste-se com uma lerdeza entorpecida, como se nem o contato de seus pés nus com os ladrilhos do banheiro, nem o gosto ardido da pasta de dente, nem a água fria bastassem para despertá-lo. Começa coisas que nunca termina. Suas mãos suam, seu estômago tem cãibras, boceja sem motivo. Os sintomas, que o atormentam ao longo de todo o dia, cedem apenas por volta das oito da noite, quando se rendem a uma espécie de formigamento eufórico que, seja o que for que esteja fazendo, sempre mal, por outro lado, sempre com a cabeça em outro lugar, na contagem regressiva que não pára de fazer desde que se levantou da cama, obriga-o a fugir de sua casa rumo à banca de jornal. [...] Não, mesmo quando compartilham certo ar de família, não é a mesma excitação que sente quando empreende o que, só para seus botões, de tanto que o envergonham, atreve-se a chamar de "ações", quando, por exemplo, à guisa de contribuição para o jornal do partido, entrega uma boa porcentagem do estipêndio semanal que sua mãe lhe dá ao irmão mais velho de um amigo, um estudante de medicina bastante antipático, que mal conhece, mas já admira sem reservas porque abraçou o credo trotskista e rompeu, como em sua época, talvez, o oligarca torturado, com uma família abastada, mas um pouco decadente, ou quando sai do colégio e dá a olhada de sempre, repleta de orgulho e fruição retrospectivos, ao acesso lateral da fábrica da Fiat por onde entrava um dos maiores executivos da empresa, de sobrenome Salustro, antes que um comando *erpio* o seqüestrasse e o liquidasse com três tiros no extremo oeste de Buenos Aires, ou quando, esperando o ônibus, nunca o *ónigo*, para voltar para casa, desafia o policial que cuida da esquina do colégio com uma bravata sigilosa: apalpar com as pontas de seus dedos incandescentes o exemplar do *Manifesto do partido comunista* que leva dissimulado no caderno de ciências biológicas. É mais, muito mais do que isso. É tão mais do que isso que se aproximam as oito horas e ele entra numa dimensão de opressão física. Treme, sua boca seca, seu coração se acelera. Isso é política? É sexo? Não é a ação, não é apenas a ilusão de somar-se, comprando a revista, à clandestinidade da guerrilha *montonera*, uma condição cujos atrativos, ainda que intensos, dissipam-se de maneira irremediável sempre que vê que o dono da banca lhe entrega *La causa peronista* com o mesmo sorriso de despreocupação bovina com que entrega um semanário esportivo, uma revista de trabalhos manuais ou o último fascículo escolar – não é isso o que o excita assim, o que o asila nessa espécie de microclima febril, ao mesmo tempo insalubre e inebriante, no qual os ardores que experimentava quando era bem pequeno, ao descobrir num tomo da enciclopédia *Lo sé todo* as vinhetas que reproduzem as escalas mais sublimes da paixão de Hércules – Hércules abrasado pela túnica envenenada que Neso confeccionou para vingar-se dele, Hércules ardendo para sempre na pira –, fermentam agora num mesmo caldo com os que lhe despertam os portentos da luta revolucionária – a história do arsenal militar expropriado numa operação de comando, por exemplo, com sua cota igualmente inevitável de quedas e baixas inimigas, ou o chefe de polícia que paga sua velha paixão pela tortura voando em pedaços pelo ar – e os que o estremecem certas manhãs em que se finge de doente para ficar em casa e da cama ouve a porta da rua se fechando, sinal de que tanto sua mãe quanto o marido de sua mãe saíram, sinal de que não há obstáculos que se interponham entre ele, que esteve esperando esse sinal desde que acordou, e as revistas pornográficas que o marido de sua mãe esconde no armário do quarto, entre os pulôveres ingleses que guarda envoltos em suas capas de plástico originais. Já não é estar perto, não, o que o deixa no limite de suas forças. É a iminência de ler. E assim sai de sua casa como um raio, pensando que sai não para o mundo exterior, mas para o anexo mais ou menos público do forno insalubre e voluptuoso no qual começa a consumir-se, com as sandálias e a roupa quase de catador de lixo que usa no verão, quando permanece fechado em seu quarto o dia todo, mal agasalhado no inverno, sem meias, com as mangas do pijama despontando sob o tricô esquálido.

Numa noite extraordinária de inverno chega correndo à banca de jornal e compra seu exemplar de *La causa peronista* – ainda que comprar seja modo de dizer, porque o que ocorre, em vez da clássica troca de produto por dinheiro que os livros do economista trotskista Ernest Mandel exigem que ele questione a fundo, até em seus impulsos mais ínfimos, de modo a desnaturalizá-lo e acabar com a ilusão de que seus termos, sempre injustos, são fatais, é antes o pacto tácito de incluir a revista na conta familiar, onde no início de cada mês *La causa peronista*, como freqüentemente também *Estrella roja* ou *El combatiente*, órgãos de imprensa *erpios* cujos informes de conjuntura, tão severos e científicos que os de *La causa peronista*, em comparação, soam sonhadores como fábulas picarescas, lê com atenção e um entusiasmo mais para o laborioso, como quem segue o melhor curso de luta armada por correspondência, liquefaz seu preço na soma total a que monta o consumo mensal de matutinos, publicações femininas, revistas de atualidade perfeitamente burguesas. [...] Quase sem fôlego se afasta da banca e se apóia um instante na vitrine da confeitaria San Ignacio, menos para recompor-se, na realidade, do que para usufruir já, agora, no ato, do banquete de ler, à luz amarela que ilumina tortas, garrafas de sidra, coleções de massas secas, caixas de bombons de cores metalizadas. Ele gostaria disso, disso mais do que de qualquer outra coisa no mundo: que ler fosse a única coisa a ocupar todo o espaço do presente, que todas as coisas que acontecem no planeta num mesmo ponto do tempo fossem de algum modo engolidas em uníssono pela ação de ler. [...] A claridade da vitrine se derrama primeiro sobre a capa da revista, que anuncia eufórica a queda de um ministro num restaurante familiar dos subúrbios, e depois sobre uma página dupla qualquer, aberta ao acaso de sua voracidade, onde dá com a foto que lhe gela o sangue.

É a primeira mulher real que vê nua em sua vida – não contam as garotas anos cinqüenta das cartas de pôquer, não conta a mulher pintada de ouro que James Bond descobre morta em sua cama em 007 *contra Goldfinger*, não contam as bailarinas do Crazy Horse de Paris, que posam na *Oui*, não conta a negra com o sexo barbeado da *Penthouse* – e mesmo assim, vendo-a não apenas nua, mas baleada, suja de terra, como se, já morta, tivessem-na arrastado de bruços pelo aterro do destacamento militar onde caiu, segundo diz a legenda que acompanha a foto, e manchada pela má qualidade da impressão, que poderia transformá-la num cadáver a mais, indigno de atenção – mesmo assim esse rosto, o rosto da comandante Silvia, como a nomeia a legenda, diz-lhe algo. É algo que talvez não seja capaz de dizer a mais ninguém no mundo, mas o diz num idioma que ele nunca ouviu e que não entende. Agora está condenado a ler. Todo o resto, carros, transeuntes, luzes, adormece numa espécie de inverno nevado. Lê imóvel junto à vitrine. Quando a funcionária da San Ignacio, já sem uniforme, apaga a luz generosa do local e acende os fluorescentes pálidos que continuarão iluminando a vitrine por toda a noite, ele se aproxima ainda mais, como a boca sedenta ao bico da torneira que pinga, e encosta a revista aberta perpendicularmente contra o vidro, tentando aproveitar até o último resto dessa luz lunar que transforma as massas, as tortas, as caixas de bombons, em tristes sósias de iguarias. Lê: infância na província de Tucumán, mãe professora, pai funcionário do correio, visita de Evita e deslumbramento, Revolução Libertadora e queda de Perón, pais presos, tio na resistência, mudança para Buenos Aires, encontro com Cooke, a clássica biografia daquela que está fadada a vencer ou morrer – e num dado momento a luz é tão pobre, as palavras piscam tanto, que fecha os olhos e continua lendo como imagina que os cegos lêem, tocando as frases com as pontas dos dedos, até que um golpezinho frio no dorso da mão, um e depois outro, e outro, e outro, obrigam-no a parar. Abre os olhos. Chove? Não: chora. Chora na cidade como chove em seu coração. [...] Não volta a ver o rosto da comandante Silvia até bem mais tarde, na cama, quando o barulho de uma chave estoura o sonho sem imagens no qual flutua. Acorda e a vê de um modo brutal, impossível, como se a adormecida do quadro de Füssli se levantasse de repente e pudesse ver o rosto bestial do súcubo contemplando-a entre os dois panos do cortinado, e reconhece nela o vizinho da Ortega y Gasset, o militar, o abusador que cantou em seu ouvido, que lhe deu asilo, que leu na película de seus dedos o segredo de sua dor, que soprou adormecido seu próprio bigode, o bigode falso que escolheu usar durante dois meses para, como diz a crônica de *La causa peronista*, treinar-se, foragida da justiça, na arte de viver clandestina em campo inimigo, a coisa mais difícil e elevada em que pode aventurar-se o combatente revolucionário. Descobre ao mesmo tempo quem é e que morreu. Tarde outra vez, tarde demais. E se pergunta se, caso tivesse sabido antes, teria conseguido salvá-la, se ele e seu triciclo e sua bolsinha Pan Am carregada com o repertório de passatempos que nunca usou nem usará e que acaba, ele também, quando se asila no apartamento defronte, escondendo como uma bomba-relógio, teriam impedido que a baleassem, que a arrastassem de bruços, como o pedaço de carne que é, para humilhação e escarmento dos prisioneiros, pelo aterro do destacamento militar. Pergunta-se o que teria sido dele, que vida teria, se a comandante Silvia o tivesse tocado, se em vez de se limitar a oferecer-lhe a caneca de sopa tivesse aproximado a mão de seu rosto e metido dois dedos em sua boca, se tivesse afundado a língua nele e explorado o lado de dentro de seus lábios, as paredes carnosas de sua boca, se em vez de tê-lo ali parado, com alfinetes entre os lábios e a fita métrica em volta do pescoço, ela o tivesse obrigado a enfiar uma de suas mãozinhas de menino abandonado até o fundo último, úmido, da vulva. [...] Já não chora. Sente uma angústia seca, áspera, como se uma espátula o raspasse por dentro. É simples: não soube o que tinha de saber. Não foi contemporâneo. Não é contemporâneo, nunca o será. Faça o que fizer, pense o que pensar, é uma condenação que o acompanhará para sempre. Mas agora tem ao menos uma prova: sua mãe já não poderá alegar que o episódio do vizinho militar não ocorreu.

É muito tarde. A casa está amordaçada pela escuridão. Levanta-se da cama, apanha o exemplar de *La causa peronista* e sai de seu quarto. Atravessa o longo corredor escuro que, quando menino, a tal ponto o apavora, que não parece separar, mas sim excluir seu quarto do mundo. Embora já não tenha medo, o método que usa – caminhar tocando as duas paredes do corredor com as palmas das mãos – é o mesmo que descobre e põe em prática aos seis, sete anos, quando a distância que adivinha que há entre seu quarto e o resto da casa é a mesma que há nos filmes de ficção científica entre a cápsula que permanece boiando no espaço e a nave que acaba de expulsá-la. Faz um *ele*, chega ao quarto de sua mãe, encontra a porta aberta. Não está aberta há muito tempo, como o provam a condição fresca do ar, que, recém-removido, ainda vibra, e a placa de "Não perturbe", que ainda oscila pendurada no trinco, lembrança de um hotel e de uma viagem e de uma felicidade que já entraram para a história do que não se repetirá. Bate do mesmo jeito, de leve, menos para alertar sua mãe do que para justificar a ousadia que empreende, e entra. Reconhece com os pés o tecido suave de uma meia, lenços de papel, um livro aberto de borco, óculos que rangem, frascos com pílulas. Busca às cegas o interruptor, e quando está prestes a acendê-lo, ouve a voz de sua mãe, uma voz sufocada que parece vir de muito longe. "Não quero luz", diz. Percebe que ela está sozinha na cama e senta-se na beira e espera com a revista na mão enquanto a ouve chorar na escuridão.

Esta obra foi publicada com o apoio da
Direção Geral do Livro, Arquivos e Bibliotecas
do Ministério da Cultura da Espanha.

CRÉDITOS DAS IMAGENS
Primeira guarda, terceira imagem: © Patrick Molnar
Segunda guarda, segunda imagem: © Bettmann/CORBIS/LatinStock

Coordenação editorial CASSIANO ELEK MACHADO e ANDRESSA VERONESI
Projeto gráfico LUCIANA FACCHINI
Preparação LUIS DOLHNIKOFF
Revisão LAURA RIVAS GAGLIARDI e CECÍLIA OLIVEIRA RAMOS

Dados Internacionais de Catalogação na Publicação (CIP)
(Câmara Brasileira do Livro, SP, Brasil)

Pauls, Alan [1959-]
História do pranto: Alan Pauls
Título original: *Historia del Llanto*
Tradução: Josely Vianna Baptista
São Paulo: Cosac Naify, 2008
88 pp., 7 ils.

ISBN 978-85-7503-729-4

1. Ficção argentina I. Título.

08-06857 CDD-ar 863

Índices para catálogo sistemático:
1. Ficção: Literatura argentina ar 863

COSAC NAIFY
Rua General Jardim, 770, 2º andar
01223-010 São Paulo, SP
Tel [55 11] 3218 1444
Fax [55 11] 3257 8164

Atendimento ao professor [55 11] 3218 1473

FONTE Quadraat
PAPEL Pólen Soft 80 g/m²
IMPRESSÃO RR Donnelley
TIRAGEM 5000

AYUDA SOCIAL
"La felicidad de un pueblo, en
cuanto a sus medios de vida se
refiere, se logra con una ade-
cuada legislación en materia
de "Justicia Social" y una equita-
tiva distribución de la "Ayuda
Social"
MARIA EVA DUARTE DE PERÓN